Le chantier infernal

Woody Allen

Le chantier infernal
et autres nouvelles

Traduit de l'anglais (États-Unis) par Nicolas Richard

Titre original : *Mere Anarchy*
Traduction publiée avec l'aimable autorisation de Random House,
an imprint of The Random House Publishing Group, a division of
Random House, Inc.

© Woody Allen, 2007
Pour la traduction française :
© Flammarion, 2007
© E.J.L., 2008, pour la sélection des nouvelles

Recalé

Lorsque Boris Ivanovich ouvrit la lettre et la lut à sa femme Anna, tous deux blêmirent. Mischa, leur fils de trois ans, n'était pas admis dans la meilleure école maternelle de Manhattan.

« Ce n'est pas possible ! s'exclama Boris Ivanovich, consterné.

— Non, non – ce doit être une erreur, renchérit sa femme. Après tout, c'est un garçon brillant, agréable, sociable, à l'aise à l'oral, qui se débrouille correctement en coloriage et maîtrise bien *Monsieur Patate*. »

Boris Ivanovich s'était tu, il était perdu dans ses rêveries. Comment pourrait-il se présenter devant ses collègues de Bear Stearns alors que le petit Mischa avait échoué à l'entrée d'une grande école maternelle ? Il entendait déjà Siminov lui asséner d'une voix moqueuse :

« Tu sais pas t'y prendre. Tu dois absolument faire jouer tes contacts. Il ne faut pas hésiter à glisser quelques billets ici et là. Quel ballot tu fais, Boris Ivanovich.

— Non, non – ce n'est pas ça, s'entendait protester Boris Ivanovich. J'ai arrosé tout le monde, de la directrice aux laveurs de carreaux. Et ils ont quand même refusé mon fils.

— Est-ce qu'il s'en est bien sorti à l'entretien ? lui demanderait Siminov.

— Oui, répondrait Boris, même s'il a eu quelques difficultés à empiler les cubes...

— Ah : moyen en jeux de construction, ferait Siminov avec dédain. C'est signe de sérieuses difficultés au plan émotionnel. Qui voudrait d'un benêt incapable de construire un château fort ? »

Mais pourquoi en discuter avec Siminov, songea Boris Ivanovich. Après tout, peut-être n'aurait-il pas eu vent de l'histoire.

Cependant, le lundi suivant, lorsque Boris Ivanovich entra dans son bureau, il était évident que tout le monde était au courant. Un lièvre mort gisait sur son bureau. Siminov apparut, la mine orageuse.

« Tu as compris, commença Siminov, que ton môme ne sera jamais accepté dans une université digne de ce nom. En tout cas pas dans une des plus prestigieuses.

— Uniquement à cause de ça, Dmitri Siminov ? Tu crois vraiment que la maternelle peut avoir un impact sur ses études supérieures ?

— Écoute, je ne voudrais pas citer de noms, mais – cela remonte déjà à plusieurs années – un banquier d'affaires n'a pas réussi à faire entrer son fils dans une école maternelle renommée. Apparemment, il y a eu un scandale au sujet de l'aptitude du garçon à peindre avec ses doigts. Toujours est-il que le gamin a été refusé par l'école que ses parents avaient choisie, et il a été obligé de, de...

— Quoi ? Dis-moi, Dmitri Siminov.

— Disons que quand il a eu cinq ans il a dû s'inscrire dans... dans une école publique.

— Dieu n'existe donc pas, gémit Boris Ivanovich.

— Lorsqu'il a eu dix-huit ans, tous ses anciens camarades de classe ont intégré Yale ou Stanford, poursuivit Siminov. Mais le malheureux, qui n'était pas diplômé d'un jardin d'enfants – comment dirais-je ? – d'un bon niveau, n'a finalement été accepté qu'à l'École de coiffure.

— Forcé de tailler des moustaches ? s'écria Boris Ivanovich, en s'imaginant le pauvre Mischa en blouse blanche, occupé à raser les rupins.

— N'ayant pas acquis les connaissances de base dans des matières telles que la décoration de pots de yaourts ou le collage de gommettes, le garçon n'était pas du tout préparé aux cruautés de la vie, enchaîna Siminov. Résultat, il a occupé des postes subalternes, puis a commencé à chaparder des objets à son employeur parce qu'il s'était mis à sérieusement picoler. À cette époque-là, c'était déjà devenu un ivrogne. Évidemment, le chapardage a conduit au vol, et tout cela s'est terminé par l'assassinat et le dépeçage de sa propriétaire. À sa pendaison, le garçon a déclaré que tout avait commencé à aller de travers le jour où il avait été refusé dans une bonne maternelle. »

Ce soir-là, Boris Ivanovich ne trouva pas le sommeil. Il vit l'école maternelle de l'Upper East Side aux salles de classes gaies et lumineuses. Il visualisa des enfants de trois ans en tenues Bonpoint s'adonnant au découpage et au collage, avant de se régaler d'une collation composée de jus de fruits et de petits gâteaux en forme de poissons rouges ou de savoureux biscuits au chocolat. Si l'on pouvait refuser cela à Mischa, alors la vie – voire l'existence dans sa totalité – n'avait plus aucun sens. Il imagina son fils, devenu un homme, face au P-DG d'une société prestigieuse testant ses connaissances en matière d'animaux et de formes, autant de sujets qu'il serait censé maîtriser parfaitement.

« Euh, eh ben, balbutiait Mischa, tout tremblant, c'est un triangle – non, non un octogone. Et ça, un lapin – euh, non, désolé, un kangourou.

— Et les paroles de *Pirouette, cacahuète* ? demandait le P-DG. Ici, chez Smith Barney, tous les vice-présidents les connaissent par cœur.

— Pour être tout à fait honnête, monsieur le président-directeur général, je n'ai jamais parfaitement appris cette chanson », était obligé de reconnaître le postulant, dont la lettre de motivation prenait le chemin de la poubelle.

Au fil des jours qui suivirent le refus, Anna Ivanovich perdit toute vigueur. Elle se disputa avec la nounou et l'accusa de brosser les dents de Mischa à l'horizontale et non pas de haut en bas. Elle cessa de manger à heures régulières et pleura dans le giron de son psy :

« J'ai dû enfreindre la loi divine pour qu'il nous arrive une chose comme ça, gémit-elle. J'ai dû commettre je ne sais quel péché très grave – dépassement de mon quota de chaussures Prada, peut-être. »

Elle crut que l'autocar des Hamptons avait essayé de l'écraser, et lorsque son compte Privilège chez Armani fut annulé sans raison apparente, elle se retira dans sa chambre et prit un amant. Elle eut du mal à le cacher à Boris Ivanovich. Celui-ci dormait en effet dans la même chambre et il demanda à plusieurs reprises qui donc était cet homme à côté d'elle.

Alors que la situation paraissait totalement compromise, un ami avocat appela Boris Ivanovich pour lui annoncer qu'il y avait une lueur d'espoir. Il suggéra qu'ils se retrouvent pour déjeuner au restaurant Le Cirque. Boris Ivanovich arriva déguisé, car l'établissement lui était interdit depuis que la décision de la maternelle avait été rendue publique.

« Il y a un type, un certain Fyodorovich, dit Shamsky en attaquant sa crème brûlée à grands coups de cuiller, qui peut t'obtenir un deuxième entretien pour ton gamin. En échange, tu auras juste à lui transmettre secrètement tout renseignement confidentiel concernant certaines sociétés dont les actions en Bourse seraient susceptibles de grimper ou de chuter.

— Mais c'est du délit d'initié ! s'exclama Boris Ivanovich.

— Oui, enfin uniquement si tu es vraiment à cheval sur les lois fédérales, rétorqua Shamsky. Nom d'une pipe, il y va de l'admission de ton fils dans une maternelle d'excellence. Évidemment, une donation sera également la bienvenue. Mais rien de louche, je te rassure. Je sais qu'ils cherchent quelqu'un pour payer la facture de leur nouvelle annexe. »

C'est précisément à ce moment-là que l'un des serveurs reconnut Boris Ivanovich, malgré son faux nez et son postiche. Le personnel lui tomba dessus à bras raccourcis et il fut traîné *manu militari* hors du restaurant.

« Tiens donc ! tonna le maître d'hôtel. Alors comme ça vous avez cru pouvoir déjouer notre vigilance. Dehors ! Oh, et à propos, en ce qui concerne l'avenir de votre fils, sachez que nous sommes toujours à la recherche d'aides-serveurs. *Aufwiedersehn*, Duschnock. »

À la maison ce soir-là, Boris Ivanovich annonça à sa femme qu'ils allaient devoir vendre la maison d'Amagansett afin de réunir la somme nécessaire au pot-de-vin.

« Quoi ? Notre maison de campagne chérie ? s'écria Anna. Nous avons grandi dans cette maison, mes sœurs et moi. Nous avions un droit de passage pour traverser la propriété des voisins et accéder à la plage en coupant par leur cuisine. Je me revois avec ma famille, on slalomait entre les bols de Cheerios avant d'aller s'ébattre dans l'océan. »

Le destin voulut que le guppy de Mischa meure brusquement le matin où le petit garçon avait son entretien de rattrapage. Il n'y avait eu aucun signe avant-coureur – le poisson d'aquarium n'avait jusqu'alors jamais été malade. D'ailleurs, il venait de faire un bilan de santé complet et avait été déclaré en excellente forme. Naturellement, le garçon fut inconsolable. À l'entretien, il ne toucha ni aux Lego ni aux feutres. Lorsqu'on lui demanda son âge, il répondit avec brusquerie :

« Qu'est-ce que ça peut bien te faire, gros lard ? »

À nouveau il fut recalé.

Boris Ivanovich et Anna, désormais sans ressources, s'installèrent dans un foyer d'accueil pour sans-abri. Ils y rencontrèrent de nombreuses autres familles dont les enfants, eux aussi, avaient été refusés dans des établissements d'élite. Il leur arriva de partager leur nourriture avec ces gens et d'échanger avec nostalgie des souvenirs d'avions privés et d'hivers à Mar-a-Lago. Boris Ivanovich découvrit qu'il existait des individus encore plus malheureux que lui, des gens simples rejetés par la copropriété pour cause de revenus insuffisants. Il y avait une grande beauté presque religieuse derrière ces visages ravagés par la souffrance.

« Maintenant, j'ai foi en quelque chose, dit-il à sa femme un beau jour. Je crois que la vie a un sens, et que tous les hommes, riches ou pauvres, finiront par habiter la Cité de Dieu, car décidément, Manhattan devient invivable. »

Le chantier infernal

Les membres d'un club de remise en forme assez sélect de New York plongèrent aux abris cet été lorsque retentit pendant leur séance matinale le terrible grondement qu'on entend habituellement en cas de violente secousse sismique. La crainte d'un tremblement de terre fut cependant vite dissipée et l'on découvrit qu'il s'agissait simplement de la dislocation de mon épaule : j'avais réussi à me démolir l'articulation en jouant les marioles pour attirer l'attention de la pouliche aux yeux en amande qui faisait des pompes sur le tapis d'à côté. Pour l'épater, j'avais tenté de soulever une barre d'haltère lourde comme deux Steinway, et ma colonne vertébrale s'était recroquevillée tel un ruban de Möbius, tandis qu'une bonne partie du cartilage s'était déchirée dans un vacarme assourdissant. Braillant comme un malheureux poussé du haut du Chrysler Building, je fus évacué en position archi-tordue et confiné à la maison pour tout le mois de juillet. Décidé à mettre à profit ce repos forcé, je cherchai consolation dans de grands livres et me tournai vers une liste d'ouvrages « à lire absolument » que j'avais gardés sous le coude depuis une quarantaine d'années. J'écartai délibérément Thucydide, les frangins Karamazov, les dialogues de Platon et les madeleines de Proust pour me concentrer sur une édition de poche de *La Divine Comédie* de Dante. J'espérais me délecter de tableaux de pécheresses aux chevelures de jais tout droit sorties des pages du catalogue de lingerie féminine *Victoria's Secret*. Je les voyais déjà se pâmer, enchaînées à demi nues dans les vapeurs de soufre. Malheureusement, l'auteur développait son propos avec une rigueur pointilleuse et préférait manifestement les grandes questions aux rêveries érotiques et vaporeuses. Aussi me retrouvai-je à arpenter les Enfers avec, en guise de créature torride pour me faire découvrir la saveur des lieux, un certain Virgile. Moi-même poète à mes heures, je m'émerveillai de voir que Dante avait brillamment structuré son univers souterrain en n'offrant que des déserts aux vils affreux ; il rassemblait les divers scélérats et gredins, et affectait à chacun le degré de souffrance éternelle qu'il méritait. C'est seulement après avoir refermé le livre que je fis cette singulière constatation : dans son exhaustive typologie des pécheurs Dante avait omis les entrepreneurs du bâtiment. L'esprit vibrant encore comme une cymbale charley, je repensai à la maison que j'avais rénovée quelques années auparavant et ne pus m'empêcher de céder à la nostalgie.

Tout commença avec l'achat d'un petit bâtiment de grès brun dans l'Upper West Side de Manhattan. Mlle Wilpong, de l'agence immobilière Mengele, nous avait assuré que nous faisions l'affaire du siècle : le prix ne dépassait pas en effet celui d'un bombardier furtif. Ledit logis était vendu « prêt pour emménagement immédiat » – et sans doute l'était-il, du moins pour une famille de romanichels ou des amateurs de bivouac sur gravats.

« C'est un défi, déclara ma femme, pulvérisant du même coup le record féminin de la litote en salle. Ça va être drôlement amusant de retaper cette maison. »

Je tâchai de faire contre mauvaise fortune bon cœur et, esquissant un pas de côté pour éviter une latte de plancher branlante, comparai les charmes de notre nouvelle maison à ceux de l'abbaye de Carfax, où le comte Dracula avait en son temps élu domicile.

« Imagine qu'on abatte cette cloison et qu'on fasse une grande cuisine américaine, suggéra ma moitié avec enthousiasme. Il y a de l'espace pour un bureau, et chaque enfant aura sa chambre. Moyennant un peu de plomberie, nous aurons des salles de bains séparées. Je parie que tu pourras même avoir cette salle de jeux dont tu as toujours rêvé – histoire d'agrémenter tes envolées philosophiques d'une petite partie de flipper. »

Tandis que la mégalomanie architecturale de ma chère et tendre prenait des proportions de plus en plus délirantes, mon portefeuille se mit à palpiter dans ma poche de poitrine, tel un flétan pris à l'hameçon. Je vis s'évaporer mes économies amassées au fil d'années de labeur passées à rédiger éloges et oraisons pour Schneerson Frères Pompes Funèbres.

« Tu crois qu'on en a vraiment besoin, de cette maison ? demandai-je d'une petite voix aiguë, priant pour que sa forte envie d'accéder à la propriété s'estompe, tel un petit mal épileptique.

— Ce qui me plaît ici, c'est qu'il n'y a pas d'ascenseur, susurra ma moitié. Est-ce que tu imagines comme ça va faire du bien à ton petit cœur de monter et descendre à pied ces quatre étages ? »

N'ayant pas de projet de détournement de fonds à court terme, je ne voyais pas comment j'allais pouvoir financer cette nouvelle aventure. Il fallut que je déploie des trésors d'astuce pour obtenir un emprunt immobilier, que des banquiers sceptiques commencèrent par me refuser, avant de découvrir une brèche dans la législation sur les prêts usuraires. L'étape suivante consista à trouver un entrepreneur convenable. Au fur et à mesure que les devis pour les travaux arrivaient, je ne pus m'empêcher de penser que les prix annoncés correspondaient plutôt au budget de rénovation du Taj Mahal. J'optai finalement pour une estimation si raisonnable qu'elle en était suspecte, émanant du bureau d'un certain Max Arbogast, alias Chic Arbogast, alias Arbo-le-Bigleux – un petit ectomorphe au teint cireux dans les yeux duquel brillait cette lueur caractéristique que l'on retrouve chez le méchant dans les westerns de série B.

Lorsque nous nous rencontrâmes sur le chantier, une petite voix me souffla que ce type était effectivement capable de me tirer une balle dans le dos à la sortie du saloon-salle à manger. Alléchée par les charmes fétides d'Arbogast, ma femme, en revanche, succombait à sa vision coleridgienne des transformogrifications décisives qui pouvaient être effectuées, compte tenu du génie de l'entrepreneur... Nos rêves, nous certifia-t-il, seraient réalisés dans les six mois, et il promit de sacrifier son fils aîné si le budget dépassait le devis. Médusé par un tel professionnalisme, je lui demandai de s'occuper en priorité de notre chambre et de la salle de bains, de manière à ce que nous puissions emménager au plus vite. J'avais en effet hâte de quitter notre fief provisoire, le Dilapidado Hotel, dont les tarifs ne donnaient pas particulièrement envie de s'éterniser.

« Sans problème, répondit immédiatement Arbogast en sortant un contrat de sa valise, laquelle débordait de conventions, accords, protocoles, compromis, arrangements et autres documents commerciaux en tous genres, allant de la vente d'une Cord à traction avant et carrosserie surbaissée, à l'inscription dans un groupe musical de mimes masqués de Philadelphie. Signez-moi ça. On complétera plus tard. »

Il me tendit un stylo et guida ma main le long des pointillés sur un document comportant beaucoup de blancs, dont le sympathique contenu pourrait être déchiffré ultérieurement à la lueur d'une flamme basse, m'assura-t-il.

Dans la foulée, votre obligé eut droit à une étourdissante séance de signatures de chèques, afin de valider notre accord, et de manière à ce que l'entrepreneur puisse faire l'acquisition de certains matériaux.

« Soixante mille dollars de clous à bois, ça paraît beaucoup, fis-je d'une voix chevrotante.

— C'est sûr, mais on évite d'avoir à interrompre les travaux en plein milieu pour fouiller tout New York à la recherche d'un clou. »

Nous scellâmes notre camaraderie d'une poignée de main et allâmes boire un verre au troquet d'en bas, le Picolo, où Arbogast offrit le magnum de dom pérignon. C'est seulement après que le bouchon eut sauté qu'il se rendit compte que la compagnie TWA avait égaré ses bagages et qu'à l'instant même où nous trinquions, nos flûtes à la main, son portefeuille se morfondait à Zanzibar.

Je réalisai que nous étions tombés sur de parfaits incompétents trois mois plus tard, lorsque, plusieurs heures après avoir pris effectivement possession de notre domicile, je tentai d'utiliser la cabine de douche. Afin d'accéder à notre requête, les sbires d'Arbogast avaient détruit la salle de bains d'origine pour en reconstruire une autre à la place. Prenant pour modèle l'immense fissure dans la coque du *Titanic*, ils avaient transformé toute la salle d'eau en un royaume sous-marin, du moins s'il nous venait à l'idée, à ma femme ou à moi, de tourner un robinet. En sus, la tuyauterie avait été soigneusement calibrée de manière à produire une formidable pression doublée d'une telle intensité calorique que quiconque ayant eu l'infortune de se trouver sous la douche aurait été illico métamorphosé en homard thermidor. Après avoir transpercé d'un bond la porte en verre de la cabine, j'eus l'assurance, et ce en plusieurs langues baltiques, que tout serait arrangé incessamment. On n'attendait plus que l'arrivée imminente de canalisations dernier cri en provenance de Tanger. Il suffisait pour cela que tels et tels exilés politiques parviennent à s'échapper sans encombre de la casbah.

La chambre à coucher en revanche ne fut pas prête à la date convenue, en raison d'une épidémie de dengue dans la cité inca du Machu Picchu. En fait, il apparut que les travaux ne pourraient commencer tant que nous n'aurions pas reçu une cargaison vitale de bois d'Afrique – du bubinga et du wengé – qui avait été livrée par erreur à un couple portant le même nom que nous, mais résidant en Laponie. Heureusement, une palette rudimentaire fut posée à même le sol et nous pûmes nous installer sous un plafond de plâtre qui s'effritait par plaques. Après une nuit passée à tenter de résister aux poussières d'amiante et au boucan de la chasse d'eau, digne de l'ouragan Agnes, j'entrai enfin dans une transe hypnagogique. Qui s'interrompit d'ailleurs à l'aube lorsqu'un bataillon d'ouvriers s'attaqua à coups de pioche à un pilastre, tout en écoutant le stupéfiant *Casey Jones* du Grateful Dead.

Quand je fis remarquer que cette initiative ne faisait pas partie du projet initial, Arbogast – de passage en coup de vent pour s'assurer qu'aucun de ses gars n'avait été interpellé pendant la nuit dans l'un des bistrots louches qu'ils fréquentaient après l'heure réglementaire de fermeture – m'expliqua qu'il avait pris sur lui d'installer un système de sécurité ultra-perfectionné.

« De sécurité ? m'étonnai-je, me rendant soudain compte que j'étais plus vulnérable ici que dans notre vieil immeuble d'antan, où des portiers affables aux cheveux blancs recevaient de généreux pourboires pour se faire trouer la peau à la place des résidents.

— Absolument tout à fait, répondit-il en dévorant sa portion matutinale d'esturgeon en provenance directe des coffres genevois numérotés de chez Barney Greengrass. N'importe quel tueur en série entre ici comme dans un moulin. Vous avez peut-être envie de vous faire trancher la gorge pendant vot' sommeil ? Ou que vot' bien-aimée se fasse écrabouiller la cervelle par un vagabond en rogne contre la société et armé d'un marteau de tapissier ? Qui lui aura d'abord fait son affaire, ça va sans dire.

— Vous pensez vraiment que…

— C'est pas ce que moi je pense, mon petit monsieur. Cette ville grouille de types dérangés qui sont toujours à deux doigts de dérailler. »

Sur ce, il ajouta quatre-vingt-dix mille dollars au devis initial, qui décidément prenait des proportions dignes du Talmud, et n'avait d'ailleurs rien à lui envier en termes de possibilités d'exégèse.

Je ne tenais pas à ce que les ouvriers me toisent de leurs petits sourires, aussi insistai-je pour ne plus accepter de nouveau dépassement de budget sans avoir préalablement étudié le « ratio risque-rendement », formule que je maîtrisais à peu près autant que les principaux théorèmes de la mécanique quantique. Dans la mesure où plusieurs de mes avoirs boursiers juteux avaient disparu sans laisser de traces dans le triangle des Bermudes, je finis par annoncer au chef de chantier que je n'avais plus une piécette à mettre dans un système de sécurité anti-cambriolage. Mais à la nuit tombée, je fus paralysé au fond de mon lit en entendant le bruit caractéristique d'un maniaque sanguinaire en train de crocheter la porte d'entrée. Mon sang ne fit qu'un tour et mon cœur se mit à rejouer le bombardement de Dresde. Je passai sans attendre un coup de grelot à Arbogast et lui donnai le feu vert pour qu'il installe son coûteux détecteur de mouvements high-tech *made in* Tibet.

Les mois passèrent, et la date de fin des travaux, déjà reculée une demi-douzaine de fois, continuait de s'éloigner, comme un pack de bières fraîches en plein désert. Les alibis rivalisaient en nombre avec les acolytes d'Ali Baba. Plusieurs plâtriers succombèrent à la maladie de la vache folle. Le bateau qui transportait le jade et les lapis-lazuli qui devaient servir à décorer la chambre de la nounou fit naufrage au large d'Auckland à cause d'un tsunami. Finalement, il s'avéra que le dispositif motorisé qui devait permettre au téléviseur de sortir du coffre situé au pied du lit ne pouvait être actionné que manuellement, et ce exclusivement par des elfes qui ne travaillaient qu'au clair de lune. Dans le bureau tout neuf, au beau milieu d'une conversation éblouissante entre moi-même et un prétendant au prix Nobel, je m'entendis hurler que c'était du boulot de sagouin, après que le sol se fut cabré, coûtant au lauréat potentiel ses deux dents de devant. Afin d'éviter un procès à l'issue incertaine, nous convînmes d'un dédommagement à l'amiable tout à fait astronomique, qui constitue, aujourd'hui encore, un record en la matière.

Quand je fis part à Arbogast de mon désarroi face aux dépassements de budget qui commençaient à sérieusement faire de l'ombre à l'inflation allemande des années vingt, il mit cela sur le compte de mes « sempiternels changements d'avis ».

« Relax, cousin, dit-il. Si vous arrêtez vos tergiversations, d'ici quatre semaines, vous entendrez plus parler d'Arbogast & Co. Sur la tête de Dieu.

— Ce ne sera pas trop tôt, fulminai-je. Je n'en peux plus d'avoir à vivre au milieu de ces tas de pierres. J'ai l'impression d'avoir emménagé à Stonehenge. Nous n'avons pas une once d'intimité. Tenez, hier, après avoir enfin réussi à me ménager un minimum de *Lebensraum*, je m'apprêtais à accomplir l'acte sacré de l'amour avec mon épouse adorée lorsque l'un de vos ouvriers m'a soulevé et reposé un mètre plus loin pour installer une applique.

— Vous voyez ces petites pilules ? fit Arbogast en m'adressant le genre de sourire que vous balancent les spécialistes de l'escroquerie postale. Ça s'appelle du Xanax. Allez-y, prenez-en, mais attention, un conseil, pas plus de trente par jour. Les études sur les effets secondaires n'ont pas été concluantes. »

Ce soir-là, à minuit précisément, un courant d'air déclencha le détecteur de mouvements. Je bondis hors de mon lit et restai figé en l'air, façon aéroglisseur. Persuadé de distinguer les bruits d'un loup-garou en train de monter les escaliers, je fouillai à la hâte parmi des cartons qui n'avaient pas encore été ouverts, à la recherche d'une pièce d'argenterie avec laquelle je pourrais défendre ma famille. Pris de panique, j'écrasai mes lunettes et chus tête la première sur un dauphin en porphyre qu'Arbogast avait importé pour parachever la décoration de la salle de bains de la jeune fille au pair. Le choc retentit dans mon oreille moyenne avec l'intensité du gong des films Arthur Rank de naguère, et me fit voir au passage trente-six aurores boréales en Technicolor. Je crois que c'est à ce moment-là que le plafond s'est écroulé sur ma femme. Apparemment, le pilastre qu'Arbogast avait abattu pour installer son système de sécurité était porteur, et tout un tas de parpaings choisirent cet instant pour s'effondrer.

On me retrouva au petit matin, pelotonné par terre, en sanglots. Mon épouse fut emmenée par une femme courtaude en tenue stricte, coiffée d'un chapeau d'homme à large bord, à qui elle répétait interminablement – comme Blanche Dubois – qu'elle avait toujours dépendu de la gentillesse d'inconnus. Nous avons fini par vendre la maison pour des clopinettes. Nous n'avons pas mégoté. Tout notre capital est parti en fumée. En tout cas, je ne suis pas près d'oublier la trombine des inspecteurs des travaux inachevés, le mélange de zèle et de consternation avec lequel ils ont énuméré les nombreuses irrégularités commises. Pour y remédier, il n'y avait que deux possibilités : la poursuite des travaux en engageant un autre entrepreneur ou l'acceptation d'une piqûre létale. Je me souviens aussi vaguement d'être passé devant un juge qui me lançait un regard noir, digne d'un cardinal du Greco, tandis qu'il m'infligeait une amende avec beaucoup trop de zéros. Mon épargne a été boulottée aussi vite que le saumon fumé lors d'une cérémonie de la circoncision. Quant à Arbogast, la légende veut qu'en essayant de subtiliser la tablette d'une cheminée géorgienne de luxe pour la remplacer par une copie en céramique, il se soit trouvé coincé dans le conduit. A-t-il finalement péri dans les flammes ? Je l'ignore. Toujours est-il que j'ai essayé de trouver dans l'Enfer de Dante une description qui lui corresponde, mais je suppose que ces grands classiques, on ne les réactualise jamais.

Tu es au parfum, Sam ?

La société Foster-Miller, par exemple, a récemment conçu un textile aux propriétés conductrices : chaque fil peut transmettre l'électricité... si bien que les Américains pourront un jour... recharger leur téléphone portable grâce à leur chemise polo. Technology Enabled Clothing a développé... un système d'hydratation : la poche arrière peut contenir une bouteille d'eau équipée d'une paille qui court le long du col jusqu'à la bouche de la personne... L'année prochaine, DuPont présentera un tissu capable de capturer temporairement les mauvaises odeurs – si bien qu'un costume ayant passé la nuit dans un bar enfumé arrivera à la maison à cinq heures du matin comme s'il avait passé les heures précédentes dans la fraîcheur des prés. Les scientifiques de DuPont ont également mis au point un tissu traité au Teflon, sur lequel les liquides renversés rebondissent sans le souiller. La société coréenne Kolon a quant à elle développé le « costume odorant » aux arômes d'herbes apaisantes, contre l'anxiété...

Extrait de la section Magazine du
New York Times du 15 décembre 2002.

Je suis tombé sur Reg Noseworthy il y a quelque temps. Reg est un camarade de la Bonne Vieille Angleterre. Notre amitié remonte à la grande époque où nous jouions aux cartes, j'étais alors chargé de la rubrique poésie de *Haut-le-cœur, journal d'opinion*. À la vérité, nous en avons disputé, des parties de whist et de rummy, dans les salles enfumées du Pair of Shoes ou du Lord Curzon's Club, situé dans la rue du même nom.

« Je viens à New York de temps en temps, dit Noseworthy, à l'angle de Park Avenue et de la Soixante-quatorzième Rue. La plupart du temps pour affaires. Je suis vice-président de l'un des plus grands ossuaires de l'île de Wight, chargé des relations avec la clientèle. »

Je dirais que nous avons passé pas loin d'une heure à évoquer d'agréables souvenirs, et pendant tout ce temps je n'ai pu m'empêcher de remarquer que mon compagnon penchait par instants la tête en bas et sur la gauche. Manifestement il siphonnait un liquide par une sorte de robinet discrètement cousu dans le revers de son veston.

« Est-ce que ça va ? demandai-je finalement, m'attendant à moitié à ce qu'il me donne les détails d'un accident indescriptible, qui l'obligeait à recourir au nec plus ultra des intraveineuses ambulatoires. Tu ne serais pas plus ou moins au goutte-à-goutte ?

— Tu parles de ça ? fit Noseworthy en montrant sa poche de poitrine. Ah ah, tu es rudement observateur, espèce de fripouille. Non, ça, c'est un quasi-chef-d'œuvre de l'ingénierie et de la création haute couture. Tu n'es certainement pas sans savoir que toute la profession médicale ne jure plus que par l'absorption d'eau en grandes quantités. Apparemment, c'est excellent pour les reins, et les bienfaits annexes sont légion. Eh bien figure-toi que ce costume tropical en laine peignée possède son propre système d'hydratation intégré. Il y a un réservoir à l'intérieur de la jambe gauche, équipé d'une série de tuyaux qui font le tour de la ceinture et montent jusqu'à un robinet discrètement inséré dans l'épaulette. J'ai un ordinateur digital piqué sur la longueur de l'entrejambe qui me permet d'activer une pompe située au creux des plis ; l'Évian circule par cette paille en fibre optique. Grâce à sa coupe ingénieuse, le costume est toujours impeccable. Tu es d'accord avec moi, je suis sûr, le vêtement en dit toujours long sur la classe de celui qui le porte. »

J'examinai le costume de Noseworthy avec une incrédulité habituellement réservée aux apparitions d'OVNI, et je dus reconnaître que cela frisait le miracle.

« Il y a un tailleur haut de gamme sur Savile Row, dit-il en me fourrant l'adresse dans la paume. Bandersnatch & Bushelman. Des tissus postmodernes. Je te garantis que tu vas vouloir remettre au goût du jour toute ta garde-robe – ce qui, entre nous soit dit, ne sera pas du luxe, parce que tes nippes, dis donc, on frise l'hommage à Emmett Kelly, hein ! Dis-leur bien que c'est moi qui t'envoie et demande à parler à Binky Peplum. Il saura comment te rhabiller, il sait s'adapter à toutes les bourses. »

Tout en faisant semblant, au nom du bon vieux temps, de me bidonner à cette mauvaise blague, j'eus envie de l'empaler sur un pieu. Sa comparaison avec l'accoutrement du fameux clown vagabond m'avait piqué au vif. Aussi résolus-je d'investir dans un complet taillé sur mesure dès que mes « miles » me permettraient un voyage gratuit en Angleterre. Le rêve devint réalité à la fin de l'été, et je pus ainsi franchir le portillon high-tech de Bandersnatch & Bushelman, sur Savile Row. Là, je fus dévisagé par un vendeur – ou peut-être s'agissait-il d'une mante religieuse en gabardine – avec l'intérêt distant qu'on porte en bactériologie à un curieux échantillon dans une boîte de Petri.

« Il y en a encore un qui vient d'entrer, lança-t-il à l'intention de son collègue. Dis donc, mon brave, me lança-t-il d'une voix de juge au tribunal, si je te donne une demi-guinée, comment puis-je être certain que tu iras bien t'acheter un bol de soupe et non pas de la bière ?

— Je suis un client, couinai-je en rougissant. Je viens d'Amérique pour remettre ma garde-robe au goût du jour.

Reg Noseworthy est un camarade. Il m'a dit de m'adresser à M. Binky Peplum.

— Ah ah, fit le vendeur en fixant précisément ma veine jugulaire, ne cherchez plus. Maintenant que vous me le dites, ça me revient en effet, Noseworthy nous a prévenus que quelqu'un dans votre genre passerait peut-être. Oui, il a parlé de vous. Absence totale de style, amateur de cartes, l'as de pique en personne, je m'en souviens, maintenant.

— Certes, je n'ai jamais eu pour objectif de jouer les dandys, expliquai-je. Je suis venu simplement afin qu'on prenne mes mesures. C'est pour un costume.

— Est-ce qu'il y a des arômes en particulier qui vous intéressent ? demanda Peplum, qui sortit son carnet de commandes en adressant un clin d'œil à l'un de ses collègues.

— Des arômes ? Non, je cherche un trois-boutons bleu, normal, de coupe classique. Peut-être quelques chemises. Je pensais à un coton Sea Island, si ce n'est pas trop coûteux. Encore que, puisque vous en parlez, je crois en effet détecter une odeur d'encens et de myrrhe.

— C'est mon costume, avoua Peplum. Notre nouvelle ligne propose une large gamme d'odeurs. Jasmin de nuit, essence de rose, parfum de Mecque. Ramsbottom, vous pouvez venir, s'il vous plaît ? »

Comme par magie, un autre vendeur apparut immédiatement.

« Ramsbottom porte du petit-pain-tout-chaud, poursuivit Peplum – enfin, je parle de son arôme. »

Je me penchai en avant pour humer l'odeur délicieuse du pain qui sort du four.

« Hum, j'en ai l'eau à la bouche, fis-je. Enfin, je veux dire : superbe, ce mohair.

— Nous pouvons imprégner vos vêtements de n'importe quelle odeur, ça va du patchouli au porc à la sauce aigre-douce. Merci, Ramsbottom, ce sera tout.

— Je veux juste un costume bleu tout simple. Encore que la flanelle grise me tente, ajoutai-je en gloussant.

— Chez Bandersnatch & Bushelman, nous ne faisons pas de tissus simples, me confia Peplum sur un ton de conspirateur. Allons, soyez moderne, que diantre ! »

Peplum s'empara alors d'une veste rayée très chic posée sur un des mannequins du magasin, et me la tendit.

« Tenez, souillez-moi ça, dit-il.

— Pardon ? Que je salisse la veste ? m'étonnai-je.

— Oui. Je vous connais très peu, mais je suis certain que vous souillez vos vêtements. Vous savez, du gras, de la colle Elmer, de la crème au chocolat, de la vinasse, du ketchup. Je me trompe ?

— Oh, je suppose que je suis comme tout le monde, il m'arrive de faire des taches, bredouillai-je.

— Oui, enfin, tout le monde n'est pas un goret, me fit remarquer Peplum. Laissez-moi vous faire essayer quelques échantillons. »

Sur ce, il me tendit une assiette sur laquelle étaient disposés divers onguents et sauces, un échantillon de produits dangereux pour le tissu.

« Vous y tenez vraiment ?

— Oui, oui – étalez un peu de confiture aux deux fruits rouges sur la veste ou du sirop au chocolat, si vous préférez. »

Je pris mon courage à deux mains et, défiant des années de conditionnement social, versai une bonne cuillerée d'huile de moteur sur le tissu : pas la moindre trace sur l'étoffe. Je fis la même constatation avec la suie, le jus de tomate, la pâte dentifrice et l'encre de Chine.

« Regardez la différence si je badigeonne vos vêtements de ces mêmes substances, annonça Peplum en aspergeant mon pantalon d'une bonne giclée de sauce pour bifteck. Regardez, le tissu se décolore. Et des taches comme ça, j'aime autant vous prévenir, ça ne se récupère pas.

— Je vois, je vois, oui. c'est épouvantable, dis-je, choqué.

— Le mot est bien choisi, gloussa Peplum. Fichu à jamais. Alors que pour quelques livres sterling de plus, vous n'aurez plus jamais ce genre de souci. Finies les sempiternelles visites au pressing. Ou tenez, imaginez que les tout-petits se mettent à peindre avec les doigts sur votre veste sport en vigogne.

— Je n'ai pas envie d'une veste sport en vigogne, protestai-je. Et plutôt qu'acheter un habit trop cher, je préfère utiliser un détachant.

— À propos, fit remarquer Peplum. Nous avons également un tissu qui fait disparaître toutes les odeurs. Je veux dire, je ne sais pas comment est votre femme, mais enfin j'imagine bien.

— Comment ça ? C'est une femme ravissante, m'empressai-je de répondre.

— Ma foi, vous savez que ce type d'appréciation est toujours relatif. Moi, je risque de la trouver sexy comme un bol d'asticots pour la pêche.

— Attendez, là, protestai-je.

— Ce ne sont que des suppositions. Imaginons une réceptionniste avec un petit derrière qui se trémousse, impossible de regarder ailleurs. De longues jambes bronzées, un décolleté affolant et un petit minois, je vous dis pas. Et disons qu'elle est tout le temps à se passer la langue sur les lèvres. Voyez ce que je veux dire, l'ami ?

— Vous allez peut-être me trouver bouché, fis-je d'une voix hésitante.

— *Peut-être* ? Mon pauvre vieux, il va falloir que je vous fasse un dessin. Disons que ce petit lot, vous le tringlez dans tous les motels à la lisière des trois États de New York, du New Jersey et du Connecticut.

— Enfin, jamais je ne...

— Je vous en prie. Avec moi, votre secret est bien gardé. Maintenant vous rentrez au bercail et bobonne remarque

que votre veste à carreaux sent l'eau de parfum *Quelques Fleurs*. Ça y est, vous voyez où je veux en venir ? La minute d'après, soit vous commencez à vraiment vous faire du mauvais sang parce que ça schlingue la pension alimentaire à vie, soit la bourgeoise devient zinzin et vous finissez comme sur les photos de Weegee avec un trou purulent entre les deux yeux.

— Ce n'est pas vraiment un problème pour moi, dis-je. Je veux juste un costume décontracté mais élégant pour les grandes occasions.

— Oui, bien sûr, mais tout de même avec un œil tourné vers le futur. Nous ne nous contentons pas de tailler des costumes, nous habillons nos clients dans un environnement postmoderne. Quelle profession exercez-vous, monsieur ?

— Duckworth – Benno Duckworth. Vous avez peut-être lu mon traité sur le dimètre et l'anapeste.

— Ah ça, je ne pourrais l'affirmer, dit Peplum. Mais vous me donnez l'impression d'être quelqu'un de particulièrement lunatique. Voire caractériel. Pour ne pas dire maniaco-dépressif. Il serait sot de le nier. Dans le très bref temps que nous avons passé ensemble, j'ai bien vu que votre personnalité oscillait entre le bon-enfant-pépère et le tout-près-de-disjoncter ; avec, pour peu qu'on appuie sur les bons boutons, une franche tendance à l'homicide.

— Je vous assure, monsieur Peplum, je suis quelqu'un de stable. Là, mes mains tremblent, mais c'est parce que je ne veux rien d'autre qu'un costume bleu – pas un environnement. Juste un habit qui témoigne d'un certain standing, mais discrètement, avec subtilité.

— J'ai exactement ce qu'il vous faut. Une fine laine écossaise. Tissée avec notre propre cocktail secret « bonne humeur » qui procure un sentiment permanent de bien-être.

— Un bien-être sans motif, rétorquai-je avec une pointe de sarcasme.

— Un bien-être intégré au motif du costume. Supposons que vous ayez perdu votre portefeuille avec toutes vos cartes de crédit. Vous rentrez à la maison, et là vous apprenez que votre trésor adoré a plié la Lamborghini. Par-dessus le marché, vos marmots ont été kidnappés. La demande de rançon est huit fois supérieure à la totalité de vos économies. Vous voulez revoir un jour vos enfants ? Avec cette veste sur le dos, vous restez de bonne humeur, vous conservez vos manières affables. À la vérité, votre triste sort vous paraîtra même plaisant.

— Et les enfants ? demandai-je terrifié. Où sont-ils ? Ligotés et bâillonnés quelque part dans un sous-sol ?

— À partir du moment où vous portez nos textiles antidépresseurs, vous voyez la vie en rose.

— D'accord, concédai-je. Mais lorsque j'enlèverai le costume, ne vais-je pas ressentir comme une impression de manque ?

— Euh – eh bien, il y a effectivement des personnalités faibles qui ont tendance à sombrer dans la dépression après avoir tombé la veste. Pourquoi pensez-vous avoir un jour l'envie d'ôter le costume ?

— Ma foi, commençai-je en me repliant vers la sortie de secours. Il va falloir que je rentre à la maison. J'ai un raton laveur à traire. »

Je refermai les doigts sur mon vaporisateur de gaz poivré, au cas où quelqu'un aurait voulu empêcher ma fuite. Mais c'est alors que mon attention fut attirée par un étonnant modèle marine, que Peplum ne m'avait pas encore montré.

« Ah, ceci ? fit Peplum lorsque je demandai à en savoir davantage. L'étoffe est tissée de fils électriques conducteurs. Non seulement le costume a fière allure mais il vous permettra en outre de recharger votre téléphone portable.

Il suffit d'un simple frottement sur la manche avant de passer votre coup de fil.

— Voilà qui me plaît déjà plus », dis-je en m'imaginant dans ce costume à la fois élégant et pratique, qui indiquerait néanmoins subtilement à mes contemporains mon appartenance au camp de l'avant-garde.

Peplum comprit qu'il touchait au but. Il sortit son carnet de commandes et avança ses pions pour conclure cette vente avec l'efficacité implacable du fameux « mat à l'étouffée » de Philidor. Tandis que je sortais un chèque et acceptais son Mont Blanc, le cœur allègre à l'idée de réaliser une excellente affaire, je vis accourir Ramsbottom, le visage livide.

« Nous avons un petit ennui, Binky, chuchota-t-il.

— Vous êtes tout pâle, lui fit remarquer Peplum.

— Notre costume à recharge immédiate pour téléphones mobiles, dit Ramsbottom d'une voix chevrotante. Celui qu'on a vendu hier – vous vous souvenez – du cachemire avec fils électriques conducteurs microscopiques. Le modèle sur lequel il suffit de frotter le portable pour avoir du jus.

— Pas maintenant, rétorqua Peplum en toussotant. Je suis avec, hum, enfin vous voyez bien, ajouta-t-il en me désignant d'un coup d'œil.

— Hein ? marmonna Ramsbottom.

— Mais si, vous savez, lui répondit Peplum, il en naît un à la minute… Hum, je suis occupé avec un gogo, bon sang.

— Ah oui, répondit le collègue manifestement perturbé. C'est juste qu'en sortant d'ici, le zigoto avec le costume qui recharge les téléphones mobiles a effleuré la poignée de sa voiture. Il a rebondi sur Buckingham Palace. Il est aux Urgences.

— Tiens donc ! s'exclama Peplum, passant à toute vitesse en revue les questions de responsabilité qui allaient se poser. Le contact avec le métal est fatal, lorsqu'on est ainsi paré, ce monsieur aurait dû le savoir. Bon, prévenez sa famille, moi je vais aviser notre service juridique. C'est la quatrième fois ce mois-ci qu'un client en costume conducteur se retrouve entre la vie et la mort. Bien, où en étais-je ? Eh, monsieur Duck-muche ? Monsieur Duck-bidule ? Où donc est-il parti ? »

Qu'il essaye de me retrouver, tiens. Du courant électrique dans le pantalon ? Voilà exactement le genre de perspective qui m'a fait bondir directement jusqu'à chez Barney's, où j'ai fait l'acquisition d'un costume trois-boutons en solde. Du prêt-à-porter ; tout sauf postmoderne. Comme quoi ces histoires de costumes ne tiennent parfois qu'à un fil.

Les jolies colonies de vacances « Coupez ! »

Envoyé jadis sur les bords de lacs aux noms indiens, après avoir été au préalable chloroformé et ligoté, pour apprendre la nage dite du « petit chien » sous l'œil torve d'un kapo qui se faisait appeler « moniteur », j'ai récemment été intrigué par certaines annonces de la section Magazine du *Times*. Parmi les établissements habituels à qui les parents nantis pouvaient confier leur geignarde progéniture afin de savourer en paix le coma des mois de juillet et d'août figuraient des camps de vacances spécialisés : la colonie basket, la colo magie, la colo informatique, la colo jazz et, la plus glorieuse de toutes peut-être, la colo cinéma.

Apparemment, au milieu des grillons et de l'herbe à poux, l'adolescent qui rêve de faire du cinéma peut passer son été à apprendre comment remporter un oscar : dialogues ciselés, angles de caméra imparables, jeu d'acteur, montage, mixage. Bref, pour autant que je sache, toutes les astuces pour s'acheter une belle baraque à Bel Air, avec service de voiturier. Pendant que les adolescents moins inspirés s'amusent à déterrer des pointes de flèche, un certain nombre de von Stroheim en herbe ont réellement les moyens de réaliser leur propre film – un projet estival autrement plus chic que d'apprendre à faire des nœuds pour ensuite se trimballer avec ses clés de patins à roulettes accrochées autour du cou.

Qu'elle paraît loin, la colo du Mélanome que tenaient Moe et Elsie Varnishke à Loch Sheldrake. J'y ai passé l'été caniculaire de mes quatorze ans à jouer à la balle au prisonnier tout en assurant à moi tout seul la solvabilité de l'industrie des pommades anti-démangeaison. Pas évident d'imaginer un couple papa-maman comme les Varnishke à la tête d'une colonie de vacances « spécial ciné ». Il aura fallu les vertus hallucinatoires du poisson blanc fumé que j'ai mis dans tous ses états au Carnegie Delicatessen Restaurant pour que la correspondance ci-dessous voie le jour.

Cher Monsieur Varnishke,

À présent que l'automne est là, parant le feuillage de sa splendide palette rouille et ambre, je dois interrompre mon occupation quotidienne, à l'angle de William Street et Wall Street, pour vous remercier. Vous avez en effet offert à mon fils Sargasse un été riche et productif dans votre paradis rustique, certes traditionnel, mais néanmoins tourné vers l'innovation. Le récit qu'il nous a fait de ses randonnées pédestres et de ses sorties en canoë nous a frappés par leur ressemblance avec des passages entiers de Sir Edmund Hillary ou de Thor Heyerdahl. Ce fut à n'en pas douter le contrepoint parfait aux heures intenses et grisantes qu'il a passées en votre compagnie à apprendre les différentes techniques cinématographiques. Quant au fait que la société Miramax ait jugé que ce film, tourné en huit semaines, était suffisamment abouti au point de nous proposer seize millions de dollars pour son exploitation en salle, cela va au-delà du rêve de n'importe quel parent, même si sa mère et moi avons toujours su que Sargasse était un garçon particulièrement talentueux.

Ce qui m'a étonné en revanche, l'espace d'une nanoseconde, c'est votre lettre, qui suggérait que la moitié de la somme susmentionnée vous était due. Comment un couple aussi charmant que vous et Mme Varnishke a-t-il pu succomber à ce mirage relevant de la pure psychose ? Imaginer pouvoir empocher une part, fût-elle infime, des fruits de la création de mon fils, voilà qui défie la raison. Aussi me dois-je de vous assurer par la présente que même si le film de mon fiston a été tourné parmi les bidonvilles délabrés que vous n'hésitez pas à qualifier, dans votre brochure publicitaire, de « Hollywood des Catskills », il est exclu que vous perceviez le moindre pourcentage de la manne qui revient en toute logique à la chair de ma chair, en récompense de son chef-d'œuvre cinématographique. Ce que j'essaye de vous dire en y mettant les formes, n'est-ce pas, c'est que vous-même et l'avaricieuse salamandre qui partage votre couche, et qui, à n'en pas douter, vous a dressé contre moi, pouvez aller vous faire voir.

Bien cordialement,

Winston Snell.

Monsieur Snell, mon très cher,

Mille mercis pour votre prompte réponse à mon modeste courrier. J'apprécie que vous reconnaissiez que l'œuvre cinématographique de votre fils n'aurait pu voir le jour ailleurs que dans l'environnement idyllique de notre charmante colonie que vous qualifiez de « bidonville » dans une missive qui, je peux vous le garantir, servira de pièce à conviction n° 1 au tribunal. À propos d'Elsie, il n'existe pas de femme plus admirable. Votre sens de l'humour plus que douteux vous a fait ironiser sur ses varices, lors de votre venue. Or je vous signale que vous n'avez pas provoqué un seul sourire, même parmi les aides-serveurs qui pourtant la détestent comme la mort. Avant d'ouvrir votre clapet pour débiter vos plaisanteries sur les salamandres, vous devriez savoir que mon épouse est une femme dévouée, atteinte de la terrible maladie de Ménières. Vous feriez mieux de me croire quand je vous dis qu'elle ne peut quitter le lit le matin sans se cogner la tête contre la commode de notre chambre. Si vous étiez affligé de la sorte, vous ne feriez sans doute pas votre petite partie de tennis hebdomadaire à l'Athletic Club avec vos amis en pantalons écossais qui attendent tous d'être mis en examen. Personnellement, je n'empoche pas des sommes à six chiffres en spéculant avec les retraites des autres, moi. Je gère une honnête colonie de vacances avec ma femme et j'ai démarré avec les faibles économies de notre magasin de bonbons ; à l'époque nous ne pouvions nous payer de la carpe qu'une fois par semaine. Et encore, il fallait en vendre, du bonbec. Toutefois, le film de votre fils a été supervisé par – je devrais même dire réalisé en collaboration avec – notre équipe ultra-performante qui, parole de Varnishke, constituerait d'ailleurs de précieuses recrues pour n'importe quel grand studio ; ça nous éviterait peut-être leurs sempiternelles *chazerai* pour débiles de dix ans d'âge mental. Un type comme Sy Popkin, qui a personnellement assisté votre petit *lustig* lorsqu'il a fallu jeter des idées sur le papier, est l'un des plus grands talents méconnus de Hollywood. Il aurait pu remporter cinquante Academy Awards s'il n'avait pas, une seule malheureuse fois, été repéré au Mexique en train de dîner avec sa femme en compagnie du couple Trotsky, mésaventure à cause de laquelle ces dégonflés de *shmendricks* n'ont jamais voulu l'embaucher. Notre monitrice de théâtre, Hydra Waxman, a quant à elle renoncé à une carrière prometteuse à l'écran pour faire gracieusement don de son temps – du moins jusqu'à ce jour – afin de transmettre son savoir aux *vilde chayas* adolescents. La brave femme – paix à son âme, mais pas tout de suite, attendons qu'elle soit morte – a personnellement dirigé la troupe amateur du film de votre fils. Elle a réussi à trouver chez ce ramassis de *trumbinkicks* le peu de talent qu'il y avait en eux, pendant que votre petit *momsa* était assis sur la touche à bayer aux corneilles.

Enfin, Môssieu le *macher* de Wall Street, notre équipe peut s'enorgueillir de la présence de Lou Knockwurst, un homme de talent qui a été récompensé pour ses prouesses de monteur lors de manifestations cinématographiques de prestige, tels le festival du Tanganyika et celui d'Auckland. Le brave Lou a littéralement – que ma femme périsse sur-le-champ dans un bain d'acide si je mens – assisté votre *schlamazel* de Sargasse à qui, si vous voulez mon avis, quelques copieuses doses de Ritalin de temps en temps ne feraient pas de mal pour calmer sa perpétuelle bougeotte. Knockwurst a personnellement supervisé les séances de montage sur Avid en lui montrant où couper ses scènes. Au demeurant, je vous rappelle que le gamin a utilisé notre équipement, cette espèce de *klutz* a tripatouillé une Panavision toute neuve, qui fait maintenant un drôle de bruit quand j'appuie sur le bouton, comme lorsqu'on tourne lentement la manivelle en bois de ces petits tourniquets en fer-blanc censés émettre un joyeux grincement – Elsie appelle ça des *groggers*. Cependant je ne vous enverrai pas la facture, puisque nous allons bientôt être associés dans une nouvelle aventure.

Je vous prie d'agréer, Monsieur, l'expression de mes sentiments respectueux.

Monroe B. Varnishke.

Cher Monsieur Varnishke,

Suggérer que votre équipe de bras cassés se situe au-delà de l'orang-outan sur l'échelle de l'évolution relève de l'hyperbole la plus azimutée. Associés dans une nouvelle aventure ! ? Vous venez d'avoir un infarctus silencieux ou quoi ? Premièrement, que les choses soient claires, l'idée du scénario de Sargasse vient de lui et uniquement de lui ; elle s'inspire d'une expérience que toute notre famille a vécue, lorsque notre entrepreneur local de pompes funèbres a cru, à tort, avoir remporté le prix Nobel. Qu'un traître de la trempe de Popkin, qui a probablement divulgué à Trotsky des secrets atomiques devant un plat de *tacos*, ait contribué, ne fût-ce qu'à concurrence d'une virgule, au scénario de mon *wunderkind*, c'est à peu près aussi crédible que la légende du Loch Ness.

Pour ce qui est de votre poivrote, Mlle Hydra Waxman, une rapide recherche sur Internet m'apprend qu'elle n'est jamais apparue dans un seul film de millimétrage supérieur à huit, et encore, uniquement sous le nom de Annie Sucettal. À ce propos, saviez-vous que votre Knockwurst ne fera plus jamais de montage à Hollywood, parce que Henry Fonda a fini par en avoir marre d'apparaître tête en bas à l'écran ? Sargasse m'a également informé que la caméra que vous lui avez fournie, loin d'être toute neuve, avait constamment des ratés, et ce, semble-t-il, depuis que vous l'avez jetée sur une maître nageuse de dix-neuf ans qui refusait vos avances.

Mme Varnishke considère-t-elle d'un bon œil que vous ayez des vues sur le personnel féminin ? À propos, je suis navré pour mes remarques désobligeantes sur le système circulatoire de votre femme. Mon sens de l'humour est en effet parfois trop acéré. Fasciné par la myriade d'affluents bleus qui strient sa topographie, je n'ai pu m'empêcher de faire un commentaire facétieux sur les rapprochements qui s'imposaient avec un bassin hydrographique.

Sachez que cette lettre met fin à tout contact entre nous. Toute correspondance ultérieure devra être envoyée directement au cabinet Gerbitch & Dégueulski, avocats à la cour.

Tchüss, ducon.

W<small>INSTON</small> S<small>NELL</small>.

Monsieur Snell, mon très cher,

Je remercie Dieu de m'avoir doté d'un certain sens de l'humour : ainsi, je peux me faire un peu charrier sans pour autant me précipiter sur un de ces magazines d'armes par l'entremise desquels il est si facile d'engager des tueurs professionnels. Je vais vous rendre service en vous rappelant certains faits. Pas une seule fois en quarante ans je n'ai regardé une autre femme qu'Elsie. Et je peux affirmer en toute candeur que ça n'a pas été tous les jours facile. Je suis en effet le premier à admettre qu'elle n'est pas de ces beautés bien *zaftig* qui s'exhibent en des positions langoureuses dans ces revues livrées par des bateaux en provenance de Copenhague, et que vous attendez probablement sur les quais, la bave aux lèvres.

Deuxièmement, dites-moi, juste par curiosité : où êtes-vous allé pêcher l'idée que votre petit *vontz* de fils était un *wunderkind* ? La seule explication est que vous êtes de ces *maven* qui barbotent dans le pognon en tétant leur cigare et s'entourent de carpettes qui disent amen à toutes leurs lubies. Je vois d'ici le tableau : on vous sert tous les bobards que vous voulez entendre et on pouffe dès que vous avez le dos tourné. Quand Elsie et moi possédions le magasin de bonbons, nous avions embauché un crétin qui faisait le service ; je l'employais par égard pour sa maman, dont l'opération de la hanche avait mal tourné : les médecins lui avaient par erreur greffé le foie d'un Chinois. Enfin bref, même ce pauvre demeuré qui avait un QI à deux chiffres, à côté de votre Sargasse, c'était Isaac Newton. À propos, c'est l'été où Benno, le neveu d'Elsie, a remporté le concours d'orthographe. Le gamin savait orthographier correctement « mnémonique » et il n'avait que huit ans. Voilà un môme que je qualifierais de brillant, ce qui n'est certainement pas le qualificatif que j'utiliserais pour votre blondinet, cet abruti des Carpates qui a eu la chance de ne fréquenter que des écoles privées, en plus de ses cours particuliers, ce qui ne l'empêche pourtant pas d'être incapable de se rappeler son nom sans vérifier sur l'étiquette de son tee-shirt.

En attendant, au lieu de me menacer de procès, vous feriez mieux de dire à vos avocats véreux que, s'ils regardent attentivement, ils constateront qu'ils ne possèdent pas une seule copie sur pellicule du film qui fait galoper les Weinstein Brothers comme deux spéculateurs immobiliers, qui offrent tout de même un chèque de seize millions. Le seul original existant, c'est nous qui l'avons, ici, dans un bungalow. Je prie juste pour qu'il ne lui arrive rien de fâcheux, d'autant que Mme Varnishke a déjà malencontreusement fait tomber de la graisse de poulet sur la scène d'ouverture.

Moe Varnishke.

Varnishke,

J'ai pris connaissance de votre dernière lettre avec un mélange de pitié et de terreur – cette bonne vieille recette de la tragédie aristotélicienne. Pitié car à l'évidence vous ignorez qu'en conservant le négatif du film de mon fils vous commettez une petite entorse à la loi plus connue sous le terme de « vol qualifié ». Et terreur parce que j'ai fait un rêve prophétique la nuit dernière : votre peine de prison avait été prononcée et vous vous preniez un mauvais coup de tournevis dans les entrailles – initiative regrettable d'un codétenu costaud de la prison d'Angola, en Louisiane.

Certes nous pourrions refabriquer un négatif à partir de la copie que nous avons, mais il serait de qualité inférieure. Aussi je vous suggère de m'envoyer immédiatement l'original avant que sa texture délicate ne soit davantage souillée de graisse de poulet ou de je ne sais quel autre condiment immonde qu'utilise la gargouille qui vous dévisage le matin au petit déjeuner pour rendre sa bouffetance mangeable. Ma patience va vite atteindre ses limites.

Winston Snell.

Écoutez-moi bien, Snell,

C'est vous et non pas moi qui allez vous retrouver au trou. Et si ce n'est pour avoir essayé de vendre un film dont vous n'êtes pas vous-même propriétaire, alors ce sera pour une sombre affaire de chèques en bois. Eh oui, figurez-vous que votre génie de fiston baragouine pendant son sommeil. Or son hobby, à ma Elsie, c'est de taper à la machine. En attendant, voyez-vous, j'essaye de protéger le négatif, mais croyez-moi ce n'est pas si facile. D'abord il y a mon neveu Shlomo, il aura six ans la semaine prochaine, un gamin adorable qui connaît par cœur toutes les paroles de *Ragmop* à la fois en yiddish et en anglais. Mais il faut regarder les choses en face, il est à un âge turbulent ; là, par exemple, armé d'une pierre coupante, il a rayé le milieu de la deuxième bobine. Il adore sortir le négatif de la boîte et gratter l'émulsion avec un canif. Pourquoi ? Allez savoir ! Je sais qu'il adore grattouiller, il en *kvelle* de bonheur. Sans parler de ma sœur Rose qui a fait tomber du Lubriderm sur la bobine numéro sept. La pauvre femme. Son mari est décédé récemment, terrassé par une crise cardiaque – c'est pourtant pas faute de l'avoir prévenu, je lui avais bien dit : quand elle sort de la douche, surtout, ne regarde pas. Quoi qu'il en soit, quel dommage que vous soyez si obtus, parce qu'à nous deux, vous qui êtes un homme de principes, nous pourrions en tirer un beau pactole, de ce film. À propos, c'est quoi, cette histoire de « chèques en bois » et en quoi est-ce interdit par la loi ? Il faut que je file, le chien a le négatif dans la gueule.

VARNISHKE.

Varnishke,

Espèce de vile paramécie. Je vous offre une participation de dix pour cent sur les droits de diffusion du film de

Sargasse. Vous ne méritez pourtant pas de toucher un traître sou mais ce que vous méritez en revanche, pour parler comme vous, c'est un bon *shpritz* d'insecticide Raid.

Je vous suggère de saisir au vol la perche que je vous tends avant que je ne change d'avis, vu que ce sera peut-être le seul moyen pour vous d'échapper à l'univers estival sordide des réalisateurs pubescents pour accéder aux délices de Miami ou des Bermudes. Peut-être que si vous y mettez le prix, un bon chirurgien esthétique réussira un ravalement intégral de Mme Varnishke. Qui sait, peut-être sera-t-elle même tolérée sur une plage publique ?

Winston Snell.

Mon grand, très cher,

Elsie est sortie de son coma. Elle a eu un accident en voulant installer des pièges à souris. Elle s'est trop penchée pour sentir le fromage, elle voulait s'assurer qu'il était bien frais. Et boum ! En tout cas, elle a repris conscience juste assez longtemps pour me souffler à l'oreille ces quelques mots : « Vingt pour cent, pas moins ». Puis elle est retombée dans les pommes, comme ces poupées qui clignent les yeux quand on les penche. En attendant, à la minute où vous aurez apposé votre signature en bas du contrat – en présence d'un notaire, a-t-elle également précisé –, non seulement vous récupérerez le négatif, mais en plus Elsie fait un chou farci succulent. Nous ajouterons gracieusement deux portions au colis. Mais renvoyez-nous les bocaux, s'il vous plaît. Bonne continuation et longue vie à vous.

Votre nouvel associé
Moe Varnishke.

Le figurant ravi

Le célèbre bandit Veerappan, cet homme longiligne à la fameuse et très noire moustache broussailleuse, a hanté les jungles du sud de l'Inde pendant toute une génération... M. Veerappan est accusé d'avoir commis 141 meurtres... Dimanche dernier, il a accompli ce que la police considère comme son forfait le plus hardi et le plus diabolique... Il a kidnappé Rajkumar, l'acteur vedette adoré de tous qui, ayant incarné à l'écran des dieux hindous, des rois d'antan et des héros en tout genre, bénéficie d'une véritable aura mystique.

New York Times, le 3 août 2000.

Ô Thepsis, ma muse, ma chance, mon malheur ! Comme toi, je suis béni des dieux : ils m'ont doté d'un talent dramatique immense et débordant. Pourvu dès la naissance d'un visage héroïque et du profil aquilin d'un Barrymore, j'avais la souplesse extraordinaire d'un diable à ressort du kabuki. Pour autant, loin de me contenter des atouts que la providence m'avait accordés, je me suis immergé avec assiduité dans le théâtre classique, la danse, le mime. On a dit de moi que d'un seul froncement de sourcil je pouvais accomplir davantage que la plupart des acteurs avec la totalité de leur corps. Aujourd'hui encore, les élèves de l'atelier d'été du Neighborhood Playhouse se remémorent, émus, avec quel souci de la psychologie j'ai incarné Hjalmar Ekdal, le fils photographe du *Canard sauvage* d'Ibsen. Les inconvénients de la vie d'un homme de théâtre, c'est qu'en deçà d'un revenu minimal, le nombre de calories ingérées au quotidien est si bas qu'on risque de mourir de faim. Cela explique que j'occupe également le poste d'aide-serveur au Taco-Pox, un restaurant mexicain qui happe la clientèle de La Cienaga Boulevard avec la même efficacité carnivore qu'un attrape-mouches de Vénus.

Ce jour-là, Mel Marmoset avait laissé un message sur mon répondeur Phone-Mate. Oui, Marmoset, l'agent tout-puissant de l'omnipotente agence Career-Busters, le vivier de talents le plus en vue de Los Angeles, excusez du peu. J'ai compris que la chance me souriait. J'allais enfin récolter le fruit de mon labeur. Je fus conforté dans mon intuition quand Marmoset m'annonça que je pouvais utiliser l'ascenseur particulier réservé aux stars du box-office. Je n'aurais donc pas à mettre en péril mes poumons en ayant à respirer le même air vicié qu'un vulgaire second rôle. Je pressentais que ma convocation était en rapport avec le best-seller intitulé *Le Mariage des Asticots*. Je savais que le rôle de Harry Magma était convoité par tous les petits rigolos du Syndicat des acteurs américains. Possédant ce mélange unique de noblesse de cœur et de sang-froid, j'allais être objectivement impeccable dans le rôle de l'intellectuel tragique.

« Je crois avoir quelque chose pour toi, fiston », m'annonça Marmoset.

Je me trouvais face à lui dans son bureau redécoré par deux nouveaux designers ultra-chics de Hollywood, une subtile combinaison de postmoderne et de Visigoth.

« Si c'est le rôle de Harry Magma, je tiens à ce que le réalisateur sache que j'utiliserai des prothèses. Je l'imagine bossu comme un vieil avare rabougri, désabusé par des années d'échecs, voire enduit de torchis.

— À vrai dire, pour ce qui est du rôle de Magma, ils sont en train d'en parler à Dustin. Non, là il s'agit d'un tout autre projet. Un thriller. L'histoire d'un ivrogne qui a pour mission d'aller récupérer une caillasse, genre pierre de lune, incrustée entre les deux yeux d'un bouddha ou de je ne sais quelle idole. J'ai lu le scénario en diagonale, mais j'ai eu le temps d'en saisir la substantifique moelle avant que Morphée, dans sa miséricorde, me tende les bras.

— Je vois. Ainsi je jouerai un soldat de fortune. Un rôle qui me fournira l'occasion de mettre en œuvre tout ce que j'ai pu apprendre lors de mes stages de gymnastique. Tous ces cours de sabre appliqué vont enfin m'être utiles.

— Je te préviens tout de suite, bonhomme, dit Marmoset, posté à sa fenêtre panoramique de deux mètres de haut, admirant le smog couleur mélasse que les citoyens de Los Angeles préfèrent à l'air véritable. Le rôle principal, c'est Harvey Afflatus.

— Ah, dans ce cas, ils me voient dans un rôle de composition – le meilleur ami du héros, un confident qui booste à lui tout seul la mécanique de l'intrigue.

— Euh, pas tout à fait. Afflatus, vois-tu, a besoin d'une doublure lumière.

— De quoi ?

— De quelqu'un qui tiendra la pose pendant les longues heures dont le caméraman a besoin pour préparer l'éclairage des scènes. Un gus qui ressemble vaguement à la vedette, de manière à placer correctement les spots. Et puis à la dernière seconde, juste avant que le tournage reprenne le cave – euh, enfin, je veux dire, la doublure – va faire un tour et la star se pointe et joue la scène.

— Mais pourquoi moi ? demandai-je. Ont-ils vraiment besoin d'un acteur de génie pour cela ?

— Tu es à peu près de la même corpulence qu'Afflatus – bien sûr, tu n'auras jamais sa classe, mais disons que vos morphologies sont comparables.

— Il va falloir que j'y réfléchisse, dis-je. Je suis pressenti pour faire la voix de Gaufrette dans *Oncle Vania* version marionnettes.

— Eh bien, réfléchis vite, fit Marmoset. L'avion part pour Thirurananthapuram dans deux heures. Vaut peut-être mieux ça que de gratter les morceaux d'*enchiladas* collés aux tables d'une cantine à *tamales*. Qui sait, tu seras peut-être découvert. »

L'avion fut d'abord immobilisé au sol et passé au peigne fin par l'équipage, car un cobra s'était échappé de sa cage. Dix heures plus tard, je m'envolai enfin pour l'Inde. Le producteur du film, Adrian Gornischt, m'avait expliqué qu'en raison d'une décision de dernière minute – l'actrice principale avait finalement voulu emmener son rottweiler – il n'y aurait pas de place pour moi dans le charter. On m'avait donc pris un billet « Intouchable » sur un vol Bandhabruti Air Lines, l'équivalent indien de nos magasins tout-pour-presque-rien. Heureusement, ils ont réussi à me dégotter une place sur un vol retour affrété pour un congrès de mendiants. Certes, je ne parlais pas un mot d'ourdou, mais je fus néanmoins fasciné par la sagesse dont ils firent preuve en comparant leurs afflictions et les mérites de leurs sébiles respectives.

Le voyage se déroula sans encombre, à l'exception de quelques « légères secousses », qui firent ricocher les passagers comme autant d'atomes affolés. Aux premières lueurs de l'aube, nous descendîmes de l'avion sur une piste de fortune, à Bhubaneshwar. De là, il y eut un court transfert en train à vapeur jusqu'à Ichalkaranji, puis nous ralliâmes Omkareshwar en pousse-pousse pour arriver enfin en palanquin sur le lieu du tournage. Toute l'équipe me réserva un accueil chaleureux. Il était inutile que je défasse tout de suite mes valises, appris-je, car je devais me rendre directement sur le plateau, de manière à ce que le chef op' puisse commencer à travailler. Pas question de prendre du retard sur le planning. En professionnel accompli, je me postai au sommet d'une colline dans la chaleur de midi. J'abattis un boulot considérable. Je ne m'arrêtai qu'à l'heure du thé, avec un début de coup de soleil carabiné.

La première semaine de tournage fut le théâtre d'inévitables tensions. Le réalisateur manquait cruellement de personnalité. Il acceptait béatement toutes les suggestions d'Afflatus ; pour lui, tout ce que baragouinait sa star méritait de figurer parmi les œuvres complètes d'Aristote. À mon avis, Afflatus était passé à côté de l'essence véritable du personnage principal. Et plutôt que de risquer de décevoir le public en montrant un colonel Matt Hiergraz en proie aux doutes inhérents à son métier, il a préféré modifier sa profession : de colonel dans l'armée, il était devenu « colonel du Kentucky » – comme le patron des poulets frits KFC – propriétaire et éleveur de pur-sang. Quant à savoir comment il se débrouillait pour remporter le concours hippique de Preakness dans la vallée du Cachemire, là j'avoue être resté perplexe. Je ne fus d'ailleurs pas le seul ; le scénariste se montra lui aussi décontenancé, d'autant que sa ceinture et sa cravate lui avaient été confisquées. Un bon acteur, c'est à quatre-vingt-dix pour cent une voix, or il faut bien reconnaître qu'Afflatus était affecté d'un drôle de timbre geignard qui faisait trembloter piteusement son septum comme un malheureux mirliton. À la faveur d'une pause, j'ai tâché de lui conseiller une méthode qui pourrait l'aider à donner un peu d'épaisseur à son personnage. Mais cela le déconcentrait du livre censé lui apprendre tout sur les Schtroumpfs avant la fin du tournage. Le soir, j'avais coutume de rester dans mon coin et me sustentais de poulet *tikka* et de thé *chai*. Au cours de ma troisième semaine toutefois, je ne me méfiai pas suffisamment de l'une des superbes jeunes beautés locales répondant au doux nom de Shakira : dans la grande tradition indienne, elle m'enveloppa dans ses deux bras, et, de ses quatre autres, me fit les poches.

C'est à peu près au milieu du tournage que les choses dégénérèrent. Nous avions finalement réglé les querelles intestines et trouvé le moyen de nous accommoder des incompatibilités de caractères. L'anticoagulant d'Adrian Gornischt, malicieusement dissimulé par le scénariste, avait été retrouvé. Le projet avait commencé à véritablement monter en puissance. La rumeur circulait que les rushs étaient bons. Babe Gornischt, la femme du producteur, affirmait que les images qu'elle avait vues n'avaient rien à envier à *Citizen Kane*. Pris d'une frénésie euphorique, Afflatus suggéra qu'il était peut-être temps de commencer à préparer une campagne de lobbying pour les Oscars. Il fit des pieds et des mains pour trouver des scribouillards qui lui rédigeraient son discours de remerciement.

Je me revois en train de garder la pose, comme à l'accoutumée ; le caméraman s'activait, j'avais la tête haute, la mâchoire en avant, à la manière d'Afflatus. Soudain une horde de va-nu-pieds fit irruption sur le plateau en poussant des cris d'Apaches. Ils assommèrent le metteur en scène à l'aide d'un cendrier chipé au Hilton de Bombay. Prise de panique, l'équipe se dispersa. Je n'eus pas le temps de dire ouf que je me retrouvai la tête au fond d'un sac promptement noué. Je fus hissé sur une épaule. On m'emmena. C'était toutefois compter sans ma formation poussée en arts martiaux. Soudain je sautai au sol et me déroulai tel un serpent, décochant un coup de pied éclair qui, heureusement pour mes ravisseurs, n'atteignit personne. En revanche, le mouvement m'entraîna directement dans le coffre ouvert d'une fourgonnette qui m'attendait, et dont les portes furent immédiatement refermées à clé. Entre la rudesse de la chaleur indienne et la force avec laquelle ma tête heurta la défense d'éléphant qui se trouvait dans la malle, je perdis connaissance. Je repris mes esprits un peu plus tard dans le noir, tandis que le véhicule bringuebalait sur un chemin cahoteux, sans doute une route de montagne. J'eus alors recours à des exercices respiratoires appris en cours de théâtre et réussis ainsi à rester calme six longues secondes consécutives. Après quoi je crachai un bêlement ourlé de sang et respirai en hyperventilation jusqu'à retomber dans les pommes. Je me rappelle vaguement qu'on m'a finalement ôté le sac que j'avais sur la tête. La grotte au milieu des montagnes appartenait au chef des bandits, dont la moustache broussailleuse très noire et l'intensité psychotique du regard me firent penser à Eduardo Cianelli dans *Gunga Din*, de 1939. Il brandissait un cimeterre, il était manifestement furieux contre son trio de sbires, qui ne savait plus où se mettre. Une histoire d'enlèvement qu'ils avaient foiré.

« Vermisseaux, asticots, cafards ! Je vous envoie capturer une sommité du cinéma et regardez ce que vous me ramenez ! » fulmina le grand chef sous l'emprise du haschich. Ses narines enflaient telles des voiles gonflées par le vent.

« Maître, je vous en supplie, bredouilla le *dalit* nommé Abou.

— Un remplaçant, un malheureux figurant – même pas – une doublure lumière ! aboya le caïd.

— Mais, vous êtes d'accord, il y a une certaine ressemblance, ô maître, couina un des hommes de main qui n'en menait vraiment pas large.

— Crabe ! Lézard ! Tu es en train de me dire que ce tas de fumier peut être pris pour Harvey Afflatus ? C'est confondre une poignée de sable et un sac de pièces d'or.

— Mais, ô grand chef, ils l'ont embauché justement parce que...

— Silence, ou je t'arrache la langue. Je m'apprêtais à empocher entre cinquante et cent plaques et toi tu me livres un zigoto de troisième zone qui, je te le garantis, aussi vrai que je m'appelle Veerappan, ne va pas nous rapporter une roupie. »

C'était donc lui, le brigand légendaire dont j'avais entendu parler. Sa cruauté était sans égale, il massacrait quiconque se mettait en travers de son chemin. En revanche, sa science avait manifestement ses limites : il était incapable de reconnaître un acteur de grand talent.

« Je suis certain que nous pourrons en tirer quelque chose. L'équipe de tournage ne quittera pas les lieux si nous menaçons de dépecer un des siens. C'est sûr, nous connaissons tous la légende de ces grands studios qui ne vous rappellent pas, mais si nous leur envoyons ses organes l'un après l'autre…

— Ça suffit, espèce de méduse visqueuse, le coupa le diabolique *dacoït* en chef. Afflatus commence à vraiment avoir la cote. Il vient d'enchaîner deux films qui ont fait un tabac, y compris dans les pays de moindre importance. Avec la pauvre andouille que vous m'avez ramenée, on pourra s'estimer heureux si on récupère son pesant de pois chiches.

— Je suis navré, votre excellence, bredouilla le lieutenant de Veerappan en pleurant. C'est juste qu'à la lumière des projecteurs, de profil, il avait en gros la même forme de visage que la star qu'on devait enlever.

— Tu ne vois donc pas qu'il est totalement dépourvu du moindre charisme ? Ce n'est pas un hasard si Afflatus cartonne à Boise, au fin fond de l'Idaho, et à Yuma, en Arizona. C'est ce qu'on appelle avoir la classe. Alors que ce cabotin est du genre à conduire un taxi ou à répondre au standard téléphonique toute sa vie en attendant la grande occasion qui ne se présentera jamais.

— Non mais attendez deux minutes, là », aboyai-je en dépit des vingt centimètres de ruban adhésif que j'avais sur la bouche.

Mais avant de pouvoir véritablement développer, je reçus un coup de *huqqa* sur la carafe. Je n'avais rien contre les pipes à eau de l'Inde mogole, mais je fus contraint de me taire à nouveau pendant que Veerappan se remettait à pérorer. Tous les incompétents allaient être décapités, annonça-t-il avec bienveillance. En ce qui me concernait, le trésorier du groupe suggéra de revoir à la baisse la rançon demandée et d'attendre quelques jours pour voir si mes amis réagissaient. Si personne ne levait le petit doigt, ils me réduiraient en chair à saucisse. Connaissant Adrian Gornischt, j'étais tout à fait confiant. La société de production avait déjà certainement contacté l'ambassade américaine et accéderait bien évidemment à toutes les exigences du voyou, aussi extravagantes fussent-elles, plutôt que de voir un de ses collègues maltraité de quelque façon que ce soit. Au bout de cinq jours, il n'y avait toujours pas de réponse. Les espions de Veerappan lui rapportèrent que le scénariste avait modifié le script : l'équipe avait mis les bouts et le tournage se poursuivait à Auckland. Je commençai à ressentir un certain malaise. Des rumeurs circulèrent selon lesquelles Gornischt n'avait pas voulu importer le gouvernement indien en portant plainte. Cependant il s'était promis, en quittant la région, de faire tout ce qui était en son pouvoir pour me libérer sans avoir à débourser un dollar de rançon, afin d'éviter un précédent regrettable. Lorsque la nouvelle de mon malheur parut dans un entrefilet des dernières pages du magazine *Backstage*, un groupe de figurants actifs au plan politique qualifia cette situation de honteuse et jura d'organiser une veillée nocturne. Ils ne purent cependant réunir un capital suffisant pour acheter les bougies.

Alors comment se fait-il que je sois encore de ce monde pour raconter cette histoire, alors que Veerappan était prêt à se débarrasser de ma carcasse ? Il ne me restait pas plus de trois heures à vivre, les fanatiques en transe affûtaient déjà leurs poignards et s'apprêtaient à me découper en tranches, lorsque soudain je fus tiré de mon sommeil par une paire d'yeux noirs à peine visibles entre un turban et un burnous.

« Dépêche-toi, fiston, surtout ne crie pas, chuchota l'intrus, dont l'accent rappelait davantage Brooklyn que Bhopal.

— Qui êtes-vous ? demandai-je, les sens engourdis par un trop long régime d'*alou* et de *dal tarka*.

— Vite, enlève ces nippes et suis-moi. Et surtout du calme – l'endroit est infesté de vermines.

— Mel ! m'exclamai-je en reconnaissant la voix de Marmoset, mon agent.

— Magne-toi. On aura tout le temps de se faire des politesses demain chez Nate Al. »

La perspective de me retrouver au Delicatessen Restaurant de Beverly Hills me redonna courage et c'est ainsi que, emboîtant le pas à l'homme d'affaires qui s'occupait des miennes, j'échappai de justesse à la dissection.

Chez Nate Al, le lendemain, Marmoset m'expliqua devant un assortiment de *kasha varnishke* qu'il avait eu vent de mes déboires à l'occasion d'une cérémonie du *seder* dans un autre restaurant de Beverly Hills, chez M. Chow.

« Toute cette histoire m'est vraiment restée en travers de la gorge. Et puis, d'un coup, je me suis rappelé que quand j'étais petit, j'avais l'habitude de me coller des moustaches en carton à deux sous. À l'école tous les copains trouvaient que je ressemblais comme deux gouttes d'eau à Son Immense Sainteté le Nizam d'Hyderâbâd. Une fois que j'ai eu cette étincelle, le reste s'est passé comme sur des roulettes. Je veux dire, bon, d'accord, il a fallu baratiner parce que le Nizam n'existe plus depuis 1948. Mais après tout, je suis agent. Le pipeau, c'est mon boulot, pas vrai ?

— Mais pourquoi risquer votre vie pour moi ? fis-je, flairant l'entourloupe.

— C'est que pendant ton absence, vois-tu, je t'ai décroché le rôle principal dans un film. Du solide. Un long-métrage sur le trafic de drogue. Tout sera tourné dans la jungle de Colombie. Un brûlot contre le cartel de Medellin. C'est pour ça, j'imagine, que des escadrons de la mort ont juré d'immoler quelques membres de l'équipe si jamais un film devait être tourné dans la région. Mais le réalisateur a décidé de ne pas se laisser intimider. Je n'arrive pas à croire que tant d'acteurs aient refusé cette opportunité. Mais du coup ça m'a permis de faire monter ton tarif. Hé, où tu vas ? »

Je me suis enfoncé dans le smog, j'ai disparu comme un chat de gouttière et couru jusqu'au premier kiosque à journaux pour consulter sans tarder les petites annonces, dans l'espoir d'y trouver un poste de chauffeur de taxi ou de standardiste, comme Veerappan l'avait suggéré. Bien entendu, les dix pour cent de Marmoset représenteraient des sommes sacrément moins importantes, mais au moins, il ne serait jamais réveillé par un livreur de FedEx lui apportant mon oreille.

Sans foi ni matelas

Le Ruisseau de Wilton se situe au cœur des Grandes Plaines, au nord du Bosquet du Berger, sur la gauche de la Pointe de Dobb, juste au-dessus des falaises qui forment la Constante de Planck. La terre est arable et se trouve principalement au sol. Une fois l'an, les vents tourbillonnants en provenance des plateaux de l'Alta Kicka déferlent à travers champs, soulèvent les paysans occupés à leurs besognes, et les déposent des centaines de kilomètres plus au sud, où ils se réinstallent souvent et ouvrent des boutiques. Par une grise matinée de juin, un mardi, Comfort Tobias, la gouvernante des Washburn, entra chez ses employeurs comme chaque jour depuis dix-sept ans. Le fait d'avoir été licenciée neuf ans plus tôt ne l'empêchait pas de venir faire le ménage, et les Washburn ne l'appréciaient que davantage depuis qu'ils avaient cessé de lui verser son salaire. Avant de travailler pour les Washburn, Tobias murmurait à l'oreille des chevaux dans un ranch du Texas, mais elle était entrée en dépression nerveuse le jour où un cheval lui avait répondu, en chuchotant lui aussi.

« Ce qui m'a le plus sidérée, se souvient-elle, c'est qu'il connaissait mon numéro de Sécurité sociale. »

Lorsque Comfort Tobias pénétra dans la maison des Washburn ce mardi, tous les membres de la famille étaient partis en vacances. (Ils s'étaient embarqués clandestinement sur un bateau de croisière à destination des îles grecques. S'ils avaient dû se cacher dans des tonneaux et se priver d'eau et de nourriture pendant trois semaines, les Washburn avaient néanmoins réussi à se retrouver chaque soir sur le pont, à trois heures du matin, pour jouer au palet.) Tobias monta à l'étage pour changer une ampoule.

« Mme Washburn appréciait qu'on change ses ampoules deux fois par semaine, le mardi et le vendredi, même si elles étaient encore en bon état, expliqua-t-elle. Elle adorait avoir des ampoules toutes neuves. Les draps, en revanche, c'était une fois par an. »

À la seconde où la gouvernante entra dans la chambre principale, elle sut qu'il manquait quelque chose. Soudain, elle comprit – elle n'en crut pas ses yeux ! Quelqu'un s'en était pris au matelas et avait découpé l'étiquette portant la mention : « La loi interdit formellement aux personnes n'étant pas propriétaires de l'article d'en retirer l'étiquette. » Un frisson parcourut Tobias. Ses jambes se dérobèrent sous elle, elle eut envie de vomir. Une petite voix lui commanda d'aller voir dans les chambres des enfants. Comme elle l'avait craint, là aussi les étiquettes avaient été arrachées des matelas. Son sang se figea dans ses veines : une immense ombre menaçante se découpait dans le couloir. Son cœur se mit à battre la chamade. Elle voulut hurler. Puis elle comprit que cette ombre était la sienne. Elle décida de se mettre au régime et appela les autorités.

« Je n'avais jamais rien vu de tel, déclara Homer Pugh, le chef de la police. D'habitude, ces choses-là n'arrivent jamais au Ruisseau de Wilton. Il y a bien eu la fois où quelqu'un est entré par effraction dans la boulangerie du coin et a aspiré toute la confiture des beignets. Mais au troisième coup, on a placé des tireurs d'élite sur le toit et surpris le coupable en flagrant délit ; il a été abattu sur-le-champ.

— Pourquoi ? Pourquoi ? demanda en sanglotant Bonnie Beale, une voisine des Washburn. C'est tellement insensé, tellement cruel. Dans quel monde vivons-nous, si quelqu'un d'autre que l'acheteur du matelas peut découper les étiquettes ?

— Jusqu'alors, déclara Maude Figgins, l'institutrice, quand je sortais, je laissais toujours mes matelas à la maison. Maintenant, à chaque fois que je m'en vais de chez moi, que ce soit pour faire des courses ou pour dîner avec des amis, je suis obligée d'emporter tous mes matelas. »

À minuit ce soir-là, sur la route d'Amarillo, Texas, deux personnes roulaient à grande vitesse à bord d'une Ford rouge. De loin, les plaques d'immatriculation paraissaient authentiques, mais à y regarder de plus près on voyait bien qu'elles étaient en pâte d'amandes. Le chauffeur avait sur l'avant-bras droit un tatouage « PAIX, AMOUR, DÉCENCE ». Lorsqu'il remontait sa manche gauche, un autre tatouage apparaissait : « Erreur d'impression – Ne pas tenir compte de l'avant-bras droit ».

À côté de lui se trouvait une jeune femme blonde qu'on aurait pu considérer comme jolie si elle n'avait ressemblé comme deux gouttes d'eau à un parrain de la mafia. Le conducteur, Beau Stubbs, s'était récemment échappé de la prison de San Quentin, où il avait été incarcéré pour abandon de détritus dans un lieu public. Stubbs avait plongé pour une affaire d'emballage de Snickers tombé sur le trottoir. Le juge, déplorant que le coupable ne manifestât pas le moindre regret, l'avait condamné deux fois à la prison à perpétuité.

La femme, Doxy Nash, avait été mariée à un entrepreneur des pompes funèbres. Stubbs était entré un jour dans le salon funéraire, juste pour regarder, sans avoir l'intention d'acheter. Il tomba immédiatement fou amoureux d'elle, et tenta d'engager la conversation pour la séduire, mais elle était alors occupée, en pleine séance d'incinération. Stubbs et Doxy Nash ne tardèrent pas à vivre une histoire d'amour secrète, mais bien vite Doxy le découvrit. Son entrepreneur de mari, Wilbur, appréciait Stubbs, à tel point qu'il proposa de l'enterrer gratuitement, s'il était d'accord pour que cela se fasse le jour même. Stubbs le mit K.-O. et s'enfuit avec sa femme, non sans l'avoir préalablement remplacée par une poupée gonflable. Un soir, après trois années parmi les plus heureuses de sa vie, Wilbur Nash eut soudain des doutes : en effet, alors qu'il demandait à sa femme de lui resserrir un peu de poulet, elle émit subitement un bruit sec et s'envola dans la pièce en dessinant des cercles de plus en plus petits, jusqu'à venir se reposer sur la moquette.

Avec son mètre soixante-douze, Homer Pugh était assez grand, pour sa taille. Aussi loin qu'il se souvienne, Pugh a toujours été policier. Son père était un célèbre braqueur de banque et le seul moyen de passer un peu de temps avec lui, c'était de l'appréhender. Pugh a arrêté son père à neuf reprises ; leurs conversations lui ont laissé un souvenir impérissable, même si la plupart ont eu lieu alors qu'ils se tiraient dessus.

J'ai demandé à Pugh ce qu'il pensait de la situation.

« Ma théorie ? a dit Pugh. Deux êtres à la dérive, partis en goguette pour voir le monde... *Two drifters off to see the world...* »

Dans la foulée, il s'est mis à chanter la suite des paroles de *Moon River*, tandis que sa femme Ann servait à boire et qu'on m'apportait une addition de cinquante-six dollars. À ce moment-là, le téléphone a sonné. Pugh a bondi dessus. La voix à l'autre bout du fil a retenti dans toute la pièce.

« Homer ?

— Willard », a dit Pugh.

C'était Willard Boggs – l'agent Boggs de la Police d'État d'Amarillo. La Police d'État d'Amarillo est un groupe d'élite. Ses membres ne doivent pas seulement être physiquement imbattables mais également réussir un examen écrit particulièrement ardu. Boggs avait échoué à deux reprises à l'épreuve écrite, la première fois parce qu'il avait été incapable d'expliquer la pensée de Wittgenstein au planton, la deuxième pour avoir fait un contresens dans la traduction d'Ovide. Sa motivation avait cependant été récompensée par des cours particuliers, et sa thèse finale sur Jane Austen demeure un classique chez les motards qui sillonnent les routes d'Amarillo.

« On a repéré un couple, a-t-il dit à l'agent Pugh. Comportement très suspect.

— Quel genre ? » a demandé Pugh en allumant une autre cigarette.

Parfaitement informé des problèmes de santé liés au tabac, Pugh consomme uniquement des cigarettes en chocolat. Lorsqu'il en allume le bout, le chocolat fond, dégouline sur son pantalon, et il se retrouve avec des notes de teinturier démesurées par rapport à sa modeste solde de policier.

« Le couple est entré dans un restaurant chic du coin, a poursuivi Boggs. Ils ont commandé un copieux dîner au barbecue, du vin, tout le bataclan. Quand la douloureuse est arrivée, ils ont essayé de payer en étiquettes à matelas.

— Coffre-les, a lancé Pugh. Mais garde ça pour toi, personne ne doit connaître le chef d'accusation. Dis seulement que leur description correspond à celle d'un couple qu'on veut interroger pour une affaire d'attouchements sur une poule. »

La loi de l'État en cas d'arrachage de l'étiquette d'un matelas ne vous appartenant pas remonte au début des années 1900, à l'époque où Asa Chones s'est querellé avec son voisin à propos d'un cochon qui avait pénétré dans son jardin. Les deux hommes se sont battus pendant des heures pour savoir à qui appartenait désormais le porc, jusqu'à ce que Chones se rende compte qu'il ne s'agissait pas du tout d'un cochon mais de son épouse.

La question a été tranchée par les anciens du bourg, qui ont décidé que les traits de la femme de Chones étaient suffisamment porcins pour justifier le quiproquo. Submergé par la colère, Chones est entré chez son voisin ce soir-là et a arraché toutes les étiquettes des matelas. Il a été appréhendé et jugé. Les jurés ont fait valoir qu'un matelas dépouillé de ses étiquettes était « une insulte à l'intégrité du rembourrage ».

Au départ, Nash et Stubbs ont clamé leur innocence, tâchant de se faire passer pour une marionnette et son ventriloque. Mais sur le coup de deux heures du matin, les deux suspects ont commencé à craquer sous la pression, l'interrogatoire étant en effet mené par Pugh en français, langue que les deux suspects ignoraient, et dans laquelle par conséquent ils ne risquaient pas de mentir. Stubbs a fini par avouer.

« On s'est garés devant chez les Washburn au clair de lune, a-t-il reconnu. On savait que la porte d'entrée restait toujours ouverte, mais on est quand même entrés par effraction, histoire de pas perdre la main. Doxy a retourné toutes les photos de famille face contre le mur, pour pas qu'il y ait de témoin. C'est en prison que j'avais entendu parler des Washburn, par Wade Mullaway, un tueur en série qui dépeçait ses victimes et les mangeait. Il avait été employé comme cuisinier chez les Washburn, mais s'était fait renvoyer le jour où ils avaient retrouvé un nez dans le soufflé. Je savais que c'était non seulement interdit par la loi mais considéré comme un crime contre Dieu d'ôter les étiquettes des matelas alors que je les avais pas achetés, mais il y avait toujours cette petite voix qui m'obligeait à le faire, celle du présentateur télé Walter Cronkite, je crois bien. J'ai découpé les étiquettes des Washburn, Doxy s'est chargée des matelas des enfants. Je transpirais – la pièce tremblait autour de moi –, toute mon enfance a défilé sous mes yeux, puis l'enfance d'un autre gamin, et pour finir l'enfance du Nizam d'Hyderabad. »

Au procès, Stubbs a choisi d'assumer lui-même sa propre défense, refusant la présence d'un avocat. Toutefois, il n'a pas réussi à se mettre d'accord sur les honoraires, ce qui a créé certaines tensions. J'ai rendu visite à Beau Stubbs dans le « couloir de la mort ». Cela fait maintenant une décennie que plusieurs recours lui ont évité la potence. Il a mis à profit cette période pour apprendre un métier : il est devenu pilote de ligne. J'étais présent quand la sentence finale a été prononcée. Une somme d'argent importante a été versée à Stubbs par Nike pour les droits télévisés, autorisant la compagnie à placer son logo sur le devant de la cagoule noire. Quant à savoir si la peine de mort a un pouvoir effectivement dissuasif, cela demeure discutable, en dépit des études tendant à prouver que les criminels commettent statistiquement moitié moins d'infractions après leur exécution.

L'erreur est humaine, la lévitation divine

Je suffoquais, ma vie défilait sous mes yeux en une série de vignettes nostalgiques. C'était il y a quelques mois. Ce jour-là, comme chaque matin après le *kipper*, je croulais sous une avalanche de prospectus publicitaires qui se déversaient par la fente de la boîte aux lettres, à travers ma porte : invitations à des expositions, à des œuvres dites de bienfaisance, sans parler de tous les gros lots que j'avais gagnés à des concours de « pyrates ». Ayant entendu une voix de fausset étouffée sous les imprimés, Grendel, notre femme de ménage wagnérienne, m'extirpa à l'aide de l'aspi-bébêtes. Comme je classais mon courrier, minutieusement, et par ordre alphabétique, dans la déchiqueteuse à papiers, je remarquai parmi la pléthore de catalogues vantant tout et n'importe quoi – des mangeoires à oiseaux aux livraisons mensuelles de drupes et agrumes divers – une petite brochure que je n'avais pas commandée, mais au titre néanmoins évocateur : *Magic Mélange*. Visant manifestement le public *new age*, les services qu'on y trouvait allaient du pouvoir des cristaux à la guérison holistique, en passant par les vibrations télépathiques. On y proposait des astuces pour développer son énergie spirituelle, l'amour plutôt que le stress, et savoir exactement à quelle porte frapper et quel formulaire remplir pour se réincarner. Les publicités, scrupuleusement rédigées de manière à se protéger de la curiosité intempestive de la Brigade de la répression des fraudes, proposaient des « ioniseurs thérapeutiques », des « aquaénergiseurs pour le vortex », et un produit baptisé « Phyto-grobuste », conçu pour augmenter le volume des *Cavaillons* de madame. Les conseils parapsychologiques ne manquaient pas : une « ultra-lucide spirituelle » vérifiait toutes ses intuitions auprès d'un « consortium d'anges » baptisé « Consortium Sept » ; une certaine Saleena – un nom d'effeuilleuse, assurément – proposait de « rééquilibrer votre énergie, d'éveiller votre ADN et de faire venir à vous l'abondance ». Naturellement, pour tous ces voyages éducatifs au centre de l'âme, de modestes émoluments étaient requis, afin de couvrir les frais du gourou – timbres postaux et autres dépenses qu'il ou elle n'aurait pas manqué d'accumuler dans une vie antérieure. Le personnage le plus saisissant de tous était sans doute la truculente « fondatrice et présidente du Cercle de la Divine Ascension sur la Planète Terre ». Connue de ses disciples sous le nom de Gabrielle Hathor, la déesse autoproclamée était, à en croire le rédacteur, « la plénitude incarnée ». Cette figure emblématique de la Côte Ouest annonçait... « une accélération de la rétroaction karmique... » La Terre était entrée « dans un hiver spirituel », qui durerait « 426 000 années ». Soucieuse de parer aux rudesses de cet hiver sans fin, Mme Hathor avait initié un mouvement visant à enseigner aux êtres l'art de l'ascension, afin d'atteindre des « dimensions de fréquences supérieures », où il serait sans doute possible de sortir davantage et de jouer un peu au golf.

« Lévitation, déplacement dans l'espace, omniscience, matérialisation et dématérialisation des personnes sont désormais à la portée de tous », proclamait le baratin racoleur destiné au gogo. « Du haut de ces fréquences supérieures, l'être élevé peut percevoir les fréquences du dessous, alors qu'inversement les êtres en fréquence basse ne peuvent percevoir les dimensions plus élevées. »

Une certaine Pleiades Moonstar – un nom qui me plongerait dans une consternation sans bornes si j'apprenais à la dernière minute que c'était celui du pilote de mon avion ou de mon neurochirurgien – apportait sa garantie morale à l'entreprise. Les adeptes du mouvement de Mme (ou Mlle) Hathor devaient se soumettre à une « procédure d'humiliation » visant à purifier chacun de ses tendances égoïstes pour booster ses fréquences. Les paiements sonnants et trébuchants n'étaient pas vus d'un bon œil ; en revanche, moyennant un peu de servilité crasse et de labeur productif, il y avait moyen d'obtenir le gîte et le couvert (haricots mungo), tout en montant – ou en descendant – sur l'échelle de la conscience.

Si je raconte tout cela, c'est que le même jour, alors que je sortais du magasin Hammacher Schlemmer, en proie à une indécision obsessionnelle – devais-je acheter une presse à canard informatisée ou le massicot portable le plus perfectionné du monde ? –, je heurtai, tel le *Titanic*, Max Flummery, un vieil iceberg dont j'avais fait la connaissance à la fac : la cinquantaine grassouillette, des yeux de morue et un postiche aux mèches suffisamment entassées pour créer un effet banane en trompe-l'œil, il me serra la main en me secouant *comme un prunier* et se lança dans le récit de sa récente bonne fortune.

« Qu'est-ce que tu veux que je te dise, bonhomme, j'ai touché le gros lot. Je suis entré en contact avec mon moi spirituel intérieur, et à partir de là, ça a été bingo.

— Tu peux détailler un peu ? fis-je, remarquant le costume taillé sur mesure et, à son petit doigt, une bague grosse comme une tumeur déjà bien avancée.

— Je suppose que je ne devrais pas tailler une bavette avec quelqu'un d'une fréquence inférieure, mais depuis le temps qu'on se connaît, hein…

— Fréquence ?

— Attention, je parle de dimensions, là. À ceux d'entre nous qui se situent dans la frange supérieure, on apprend à ne pas gaspiller nos hyper-ions avec de simples mortels arriérés, groupe dont tu fais partie, sans vouloir t'offenser. Ce qui ne veut pas dire que nous n'étudions pas et n'apprécions pas les formes inférieures – merci à Leewenhoek et à ses microscopes, si tu vois ce que je veux dire. »

Soudain, avec l'instinct du faucon repérant sa proie, Flummery tourna la tête et aperçut une blonde aux longues jambes, en jupe mini mini, qui cherchait un taxi.

« Vise un peu la donzelle ! Ce petit minois ! s'exclama-t-il, tandis que ses glandes salivaires enclenchaient la troisième.

— Une vraie pin-up de magazine, reconnus-je, sentant les premiers symptômes du gros coup de chaud. Enfin, si j'en juge par son chemisier transparent.

— Regarde bien », dit Flummery.

Sur ce, il prit une profonde inspiration et commença à s'élever au-dessus du sol. Au plus grand étonnement de la Miss Juillet et de moi-même, il était en pleine lévitation à trente centimètres au-dessus de la chaussée, juste devant Hammacher Schlemmer. Cherchant les fils accrochés au plafond, la môme s'approcha.

« Hé, comment faites-vous ça ? roucoula-t-elle.

— Tiens. Voici mon adresse, lui susurra-t-il. Je serai à la maison ce soir après vingt heures. Passe donc. Avec moi, tu auras toi aussi les pieds en l'air en un clin d'œil.

— J'apporterai du petrus », gazouilla-t-elle, fourrant dans l'abîme de son décolleté les détails logistiques de son rendez-vous galant, avant de s'éloigner en tortillant des hanches, tandis que Flummery redescendait sur le plancher des vaches.

« Qu'est-ce qui t'arrive ? demandai-je. Tu t'es réincarné en Houdini ?

— Bon, soupira-t-il avec condescendance. Puisque je daigne m'entretenir avec une paramécie, autant te déballer la totale. Allons au Stage Delicatessen Restaurant décimer quelques *schnecken* et je te raconterai. »

J'entendis alors comme un bruit sec de bouchon de champagne, et Flummery se volatilisa. Je retins ma respiration et mis la main sur ma bouche ouverte, à la manière effarouchée des sœurs Gish. Quelques secondes plus tard, il réapparaissait, penaud.

« Navré. J'avais oublié que vous autres larves rampantes n'entendiez que couic à la dématérialisation et au déplacement dans l'espace. Au temps pour moi. Allons-y à pinces. »

J'étais justement encore en train de me pincer quand Flummery commença son histoire.

« Bien, dit-il, retour en arrière. C'était il y a six mois. À l'époque, le petit Max à sa maman Flummery était au trente-sixième dessous. Une série de pépins, mon vieux, et si tu ajoutes la déchirure que je me suis faite à l'épaule, la misère de Job, à côté, c'est de la gnognote. D'abord, la petite bridée de Taïwan à qui je donnais des cours particuliers d'horizontalité débridée me zappe pour le zozo qui double Brad Pitt dans ses cascades ; ensuite, je me retrouve sur la paille à la suite d'un procès, tout ça parce que je suis entré en marche arrière avec ma Jaguar dans une salle de lecture de l'Église scientiste. Pour finir, mon fiston, né d'un précédent holocauste conjugal, qui gagnait bien sa vie en fabriquant des tartes, a plaqué son boulot pour rejoindre les Talibans. Et me voilà avec le moral dans les chaussettes, à errer dans New York en quête d'une raison d'être, d'un point d'équilibre spirituel pour ainsi dire, lorsque brusquement, comme par miracle, je tombe sur une pub dans *Vibrations Illustrated*. Un établissement genre station thermale qui aspire ton mauvais karma comme par liposuccion, et te fait accéder à une fréquence supérieure, d'où tu peux enfin dominer la nature façon Faust. Je m'étais fixé pour règle de ne jamais tomber dans les attrape-nigauds de ce genre, mais lorsque j'ai pigé que le directeur général était une véritable déesse ayant pris forme humaine, je me

65

suis dit, après tout, qu'est-ce que je risque ? D'autant que c'est gratuit. Ils n'acceptent pas de pognon. Le système s'appuie sur une variante de l'esclavage, mais en contrepartie, tu as droit à des cristaux qui te rendent plus fort et à tous les millepertuis que tu peux cueillir. Ah, et aussi, j'ai failli oublier : elle t'humilie. Mais ça fait partie de la thérapie – ses sbires ont, par exemple, fait mon lit en portefeuille et ont attaché, sans que je m'en rende compte, une queue d'âne à mon fond de pantalon. Certes, j'ai été le souffre-douleur pendant un certain temps, mais je vais te dire, mes chevilles ont sacrément désenflé. Soudain je me suis rendu compte que j'avais vécu des vies antérieures, d'abord comme simple bourgmestre, puis dans la peau de Cranach le Vieux – ou non, je ne sais plus, c'était peut-être le Jeune. Enfin bref, je me suis réveillé sur ma paillasse rudimentaire avec ma fréquence propulsée dans la stratosphère. J'avais un nimbus autour de l'occiput et j'étais omniscient. Figure-toi que dans la foulée j'ai gagné le tiercé dans l'ordre à Belmont. Pendant une semaine, j'ai attiré les foules à chaque fois que je me suis pointé au Bellagio de Vegas. Et si par hasard j'ai un doute sur un canasson, ou si j'hésite à redemander une carte au black-jack, il y a un consortium d'anges que je peux consulter à loisir. C'est vrai, après tout, ce n'est pas parce qu'on a des ailes et qu'on est taillé dans l'ectoplasme qu'on ne peut pas empocher du flouze aux courses, hein. Tiens, zyeute un peu le paquet de biftons. »

Flummery sortit de chaque poche plusieurs liasses de billets de mille dollars, épaisses comme des balles de coton.

« Oups, excuse-moi, dit-il en récupérant quelques rubis tombés de sa veste lorsqu'il en avait sorti ses billets verts.

— Et elle ne réclame aucune rémunération en contrepartie ? demandai-je, tandis que déjà mon cœur s'emplissait de joie, telle une baudruche gavée à l'hélium.

— Ma foi, c'est comme ça avec les avatars. Ils ont le cœur sur la main. »

Le soir même, en dépit des imprécations de ma douce et tendre, ponctuées d'un bref coup de fil passé par ses soins au cabinet Shmeikel et Fils pour vérifier que notre contrat de mariage couvrait les cas de démence précoce, je m'envolai vers l'ouest, cap sur le Cercle de la Divine Ascension, où résidait la déesse Galaxie Sunstroke, une splendeur qui se présenta en sous-vêtements Fredericks of Hollywood. Elle m'invita à entrer dans le sanctuaire qui dominait son fief – une ferme à l'abandon qui rappelait curieusement le fameux Spahn Ranch où Charles Manson avait naguère élu domicile – posa sa lime à ongles et s'installa confortablement sur le divan.

« Mets-toi à ton aise, me dit-elle sur un ton plus proche de l'actrice Iris Adrian que de la danseuse Martha Graham. Alors comme ça, tu veux entrer en contact avec ton centre spirituel ?

— Oui. J'aimerais grimper dans les fréquences, pouvoir léviter, me téléporter, me dématérialiser et être assez omniscient pour deviner à l'avance les numéros qui vont sortir à la Loterie de New York.

— Que fais-tu dans la vie ? demanda-t-elle, étonnamment peu omnisciente pour une majesté d'un si haut rang.

— Gardien de nuit dans un musée de cire, répondis-je, mais ce n'est pas aussi épanouissant qu'on pourrait croire. »

Se tournant vers un des Nubiens qui l'éventait avec des feuilles de palmier, elle demanda :

« Qu'en pensez-vous, les gars ? Il ferait un bon gardien, non ? Il pourrait peut-être s'occuper de la fosse sceptique.

— Merci, dis je en m'agenouillant, posant le visage à terre en signe de mortification.

— Bien, dit-elle en tapant dans ses mains, tandis que cinq de ses loyaux sbires surgissaient de derrière des rideaux de perles.

— Donnez-lui un bol de riz et rasez-lui la tête. En attendant qu'un lit se libère, il peut dormir avec les poulets.

— Vos désirs sont des ordres », murmurai-je, détournant le regard de Mme (ou Mlle) Sunstroke, de peur de la distraire des mots croisés qu'elle venait de commencer. Je fus reconduit au dehors, craignant confusément qu'on me marque au fer rouge.

D'après ce que je pus voir au fil des jours qui suivirent, la propriété grouillait de paumés de tout poil : une ribambelle de poltrons, des casse-pieds de première, des actrices qui ne levaient pas le petit doigt sans consulter les astres, sans parler des obèses, d'un type qui avait été impliqué dans une affaire d'empaillage ayant fait scandale et d'un nain qui refusait d'admettre qu'il n'était pas à la hauteur. Tous cherchaient à atteindre un niveau supérieur, tout en trimant non-stop, dans une soumission lobotomisée à la déesse suprême. Celle-ci se montrait à l'occasion, sur ses terres. Elle dansait comme Isadora Duncan ou fumait une longue pipe, avant de hennir de rire, tel Seabiscuit le Pur-Sang. En échange de quelques pauses et permissions concédées par le chaman en chef du camp – un ex-videur que j'avais déjà vu, me semblait-il, dans un documentaire sur la « loi Megan » sur la délinquance sexuelle – on exigeait des fidèles qu'ils consacrent douze à seize heures de leur journée à récolter des fruits et des légumes pour la consommation du personnel et à fabriquer diverses denrées destinées à la vente : cartes à jouer coquines, dés en mousse à suspendre aux rétroviseurs, ramasse-miettes pour restaurants, etc. Outre mes responsabilités dans la maintenance du système d'écoulement des eaux usées, j'avais pour mission, en tant que gardien, de ramasser au pique-feuilles les papiers d'emballage des friandises à la caroube bio qui jonchaient le sol. Au début, il fut difficile de s'adapter au régime essentiellement composé de graines de luzerne, de tofu et d'eau ionisée ; mais un billet de dix allongé à l'un des gourous les moins stricts, dont le frère tenait une gargote des environs, permettait de se faire livrer de temps en temps un sandwich thon-mayo. La discipline était plutôt laxiste, on attendait de chacun qu'il prenne ses responsabilités ; toutefois, contrevenir aux règles de diététique ou tirer au flanc pendant le travail pouvait occasionner des sanctions : la flagellation, par exemple, ou la pendaison à un téléphone portatif de campagne. Les humiliations se succédaient, cela participait du rituel purificateur pour débarrasser chacun de ses tendances égoïstes. Et lorsque enfin il fut décrété que j'allais pouvoir faire l'amour à une prêtresse karmique qui ressemblait comme deux gouttes d'eau au mafioso Vincent Coll, dit Mad Dog, je décidai qu'il était temps de plier les gaules. Après être passé sous le grillage barbelé en rampant sur le dos, je m'échappai dans la nuit noire et hélai le dernier 747 à destination de l'Upper West Side.

« Alors ? fit ma femme avec cette tolérance mâtinée de bonté qu'on réserve aux individus irrémédiablement atteints de sénilité. Tu t'es dématérialisé pour te téléporter jusqu'ici ou est-ce là une serviette de cocktail Continental Airlines que je vois pendouiller à ton cou ?

— Je ne suis pas resté assez longtemps pour ça, ripostai-je, fulminant contre elle et son subtil mépris, mais j'en ai suffisamment sué pour apprendre ce petit numéro. Regarde bien. »

Sur ce, je m'élevai quinze centimètres au-dessus du sol et me déplaçai ainsi dans la pièce, tandis que sa bouche s'ouvrait comme celle du requin des *Dents de la mer*.

« Vous êtes tous pareils, les je-sais-tout à basse fréquence », dis-je, remuant le couteau dans la plaie avec une joie non dissimulée, mais avec indulgence cependant.

Elle poussa un ululement de sirène annonçant les bombardements ennemis et ordonna à nos enfants de courir aux abris pour échapper à cet envoûtement cauchemardesque. C'est à ce moment-là que je commençai à réaliser que je n'arrivais pas à redescendre. J'eus beau faire tout mon possible, la manœuvre se révéla impossible. Un tohu-bohu digne de la scène de la grande salle de réception dans *Une nuit à l'opéra* s'ensuivit : les enfants étaient incontrôlables, ils tremblaient et mugissaient. Les voisins accoururent pour nous sauver de ce qu'ils croyaient sans doute être un massacre. Pendant ce temps, à grand renfort de grimaces et de contorsions, je déployais des efforts faramineux pour perdre de l'altitude. En vain. Finalement, ma moitié passa à l'action. S'emparant d'une planche qui se trouvait à portée de main, elle prit le parti de résoudre cette anomalie de la physique conventionnelle en me tapant sur le crâne. Elle m'envoya au tapis en trois coups. Aux dernières nouvelles, Max Flummery s'était définitivement dématérialisé. Quant à Galaxie Sunshine et son Cercle de la Divine Ascension, la rumeur veut que le fisc s'en soit mêlé : l'organisation aurait été démantelée et, faute d'être réincarnée, Galaxie aurait été réincarcérée. En ce qui me concerne, je n'ai plus jamais pu m'élever à nouveau dans les airs, ni deviner à l'avance le nom d'un seul cheval qui fasse mieux que sixième au tiercé d'Aqueduct.

Les infortunes d'un génie méconnu

Dans le cadre d'un programme de remise en forme visant à réduire mon espérance de vie à celle d'un mineur du dix-neuvième siècle, je faisais mon jogging l'été dernier dans la Cinquième Avenue. Afin de soulager mon système respiratoire anémié, je m'arrêtai à la terrasse du Stanhope Hotel et commandai une vodka-orange bien fraîche. Le jus d'orange étant tout à fait recommandé dans mon régime, je m'envoyai plusieurs tournées. Sauf qu'au moment de me relever, j'exécutai une série de figures acrobatiques dignes de Bambi faisant ses premiers pas.

Des profondeurs d'un cortex qui avait généreusement mariné dans la Smirnoff, je me rappelai soudain avoir promis de m'arrêter chez Zabar pour acheter des médaillons de chèvre et du pain braisé hollandais. Si ce n'est que je me trompai de porte et entrai en titubant au Metropolitan Museum. Je m'avançai dans les couloirs d'un pas vacillant, ma tête tournait comme un Zoetrope, et en reprenant peu à peu mes esprits, je me rendis compte que j'avais devant moi les tableaux d'une exposition intitulée « De Cézanne à Van Gogh : la collection du docteur Gachet ».

Gachet, compris-je d'après le topo placardé au mur, avait été le médecin traitant de peintres tels que Pissarro et Van Gogh, à une époque où ceux-ci n'étaient pas encore des artistes adulés, soit qu'ils fussent tombés sur une cuisse de grenouille pas fraîche, soit qu'ils eussent un brin forcé sur l'absinthe. Comme la célébrité n'était pas encore au rendez-vous et qu'ils n'avaient pas un sou vaillant en poche, ils cédaient une huile ou un pastel en échange d'une visite à domicile ou d'une dose de mercure. Gachet accepta les œuvres qu'on lui offrit et grand bien lui prit, me dis-je en admirant les tableaux de Renoir et Cézanne, probablement décrochés des murs de la salle d'attente du brave médecin. Je n'ai pu m'empêcher de m'imaginer dans une situation similaire.

Le 1ᴇʀ décembre

La fortune me sourit ! Un patient vient de m'être confié, à moi, Skeezix Feebleman, par Noah Untermensch en personne, le génie de la psychanalyse, spécialiste des troubles mentaux chez les créateurs. Untermensch s'est constitué une clientèle prestigieuse et sans égale dans le show-biz – du moins si l'on excepte la liste des « acteurs immédiatement disponibles » de l'agence William Morris.

« Ce môme Pepkin est un auteur-compositeur-né », m'annonça au téléphone le docteur Untermensch, qui faisait le forcing pour que j'accepte de recevoir cet éventuel patient. « De la trempe d'un Jerry Kern ou d'un Cole Porter, mais moderne. Le gamin est sans doute miné par une culpabilité qui le paralyse. Ce que j'en dis ? La relation à sa mère. Il va falloir lui triturer un certain temps le ciboulot, qu'il évacue un peu de son angoisse existentielle. Vous ne le regretterez pas, je vois d'ici une avalanche de récompenses, des Tony, des oscars, des Grammy, voire la médaille présidentielle de la Liberté. »

J'ai demandé à Untermensch pourquoi il ne prenait pas personnellement Pepkin comme patient.

« Je suis débordé, m'a-t-il répondu. Que des urgences analytiques : l'actrice dont la copropriété refuse les chiens, le présentateur météo qui aime les fessées, sans parler du producteur que Mike Eisner ne rappelle jamais. Lui, je l'ai placé sous étroite surveillance, j'ai peur qu'il se fiche en l'air. Quoi qu'il en soit, faites au mieux et inutile de me tenir au courant de l'évolution du traitement. Vous verrez, ce garçon a le chœur sur la main. Ah ah. »

LE 3 DÉCEMBRE

Ai rencontré Murray Pepkin aujourd'hui, il est incontestablement artiste jusqu'au bout des ongles. Les cheveux en bataille, le regard halluciné, un type à part, obsédé par son œuvre, même s'il croule sous les dettes. Ah, les mesquines contraintes du quotidien : se nourrir, payer son loyer, verser ses deux pensions alimentaires. En tant qu'auteur-compositeur, Pepkin est un visionnaire qui choisit de peaufiner ses paroles dans un studio du Queens, au-dessus des établissements Fleischer Frères, Embaumement de qualité, où il intervient d'ailleurs parfois en tant que conseiller ès maquillage. Je lui ai demandé pourquoi il croyait avoir besoin d'entamer une analyse. Il m'a confié que chaque note et chaque syllabe qu'il écrit ont beau être totalement géniales, il a néanmoins le sentiment d'être trop sévère vis-à-vis de lui-même. Il avoue avoir constamment fait des choix désastreux avec les femmes. Il a récemment épousé une actrice avec qui il entretient une relation fondée moins sur l'éthique occidentale traditionnelle que sur le code d'Hammourabi, du dix-septième siècle avant notre ère. Peu après le mariage, il l'a surprise au lit avec leur nutritionniste. Une dispute a éclaté et elle a frappé Pepkin en pleine tête à l'aide d'un dictionnaire de rimes, au point qu'il en a oublié le deuxième couplet de *Dry Bones*.

Lorsque j'ai abordé la question de mes honoraires, Pepkin m'a avoué, tout penaud, qu'il était un peu raide ces temps-ci. Il a dilapidé ce qui restait de ses économies dans une presse à canard. Il se demandait s'il n'y aurait pas moyen de s'entendre sur des versements échelonnés. Lorsque je lui ai expliqué que la contrainte financière était au cœur du dispositif psychanalytique, il a proposé de me payer en chansons, m'informant que j'aurais fait une sacrée affaire si j'avais possédé les droits de *Begin the Beguine* ou de *Send In the Clowns*. Avec le temps, non seulement les royalties générées par ses œuvres tomberaient aujourd'hui dans mon escarcelle, mais en plus, je serais célébré dans le monde entier comme le mécène d'un génie en herbe de l'envergure de Gershwin, des Beatles, voire de Marvin Hamlisch. Je me suis toujours enorgueilli d'avoir un certain flair lorsqu'il s'agit de repérer des talents prometteurs. Je me rappelle qu'un homéopathe français du nom de Cachet ou Kashay avait amplement été récompensé des ordonnances qu'il avait prescrites à Van Gogh en se faisant offrir des tableaux pour participer à ses frais d'abaisse-langue. Décidément, le cas Pepkin me fascine de plus en plus, d'autant que mes frais fixes enflent comme un pouce après une rencontre impromptue avec un marteau. Entre l'appartement sur Park Avenue, la maison de plage à Quogue, les deux Ferrari et Foxy Breitbart, une petite pépée qui me coûte les yeux de la tête. Je suis tombé sur elle un soir en écumant les bars à célibataires. Lorsqu'elle est en string, sa peau veloutée me colle un sourire large comme ça, il faudrait y aller au burin pour l'effacer. Ajoutez à ceci des investissements quelque peu hasardeux dans la goyave du Liban et vous comprendrez que je sois un peu à sec. Cependant une petite voix me souffle que si je sais saisir l'occasion au vol, je risque de décrocher une rente à vie. Et pour peu qu'Hollywood fasse un jour un film sur lui, je serais même capable de décrocher un oscar du meilleur second rôle.

Le 2 mai

Cela fait aujourd'hui six mois que je compte Murray Pepkin parmi mes patients, et si ma foi en son génie demeure inentamée, je dois dire que je ne me rendais pas compte de l'ampleur de la tâche. La semaine dernière, il m'a appelé à trois heures du matin pour me raconter en détail le rêve qu'il avait fait, où les compositeurs Richard Rodgers et Lorenz Hart apparaissaient à sa fenêtre sous forme de perroquets et se mettaient à lustrer sa voiture. Quelques jours plus tard, il m'a fait appeler à l'Opéra et a menacé de se suicider si je ne venais pas immédiatement le chercher au Umberto's Clam House pour écouter son idée de comédie musicale inspirée de la classification décimale de Dewey. J'ai cédé par respect pour son talent – talent que, soit dit en passant, je semble être le seul à reconnaître. Au fil des six mois écoulés, il m'a fait cadeau d'un kilo de chansons, certaines griffonnées à la hâte sur un coin de nappe, et si pour l'instant aucune n'a trouvé preneur chez un éditeur musical, il affirme qu'avec le temps elles deviendront toutes des classiques. L'une d'elles est une ritournelle sophistiquée intitulée *Tu seras mon puma à Lima, je serai ton orque à New York*. Un morceau à fredonner façon crooner, et qui regorge de références à tiroirs. *Molting Time* en revanche est une complainte qui n'est pas sans rappeler le chef-d'œuvre irlandais *Danny Boy*. Je suis d'accord avec Pepkin : seul un ténor de génie pourra rendre justice à ce titre. Autre superbe chanson d'amour qui, Pepkin me le garantit, finira par caracoler au sommet du hit-parade : *Mes lèvres seront un peu en retard cette année*, avec ces paroles sublimes : « Si tu veux embrasse-moi l'index/mais surtout garde-moi sur ton Rolodex. » À ce florilège d'œuvrettes promises à un succès certain, Pepkin a ajouté *Souris-moi, souris-mi*, un de ces hymnes patriotiques qui, m'assure-t-il, contribuera à remonter le moral des troupes en cas de guerre nucléaire totale et ne pourra que me rapporter un max. N'empêche j'aurais bien besoin d'un peu de pépettes, d'autant que Foxy, à présent ma fiancée, a sous-entendu avec une subtilité toute relative qu'elle allait avoir besoin d'un manteau long pour l'hiver, et nécessairement de la famille de la martre...

Le 10 juin

Je traverse une période de difficultés professionnelles, ce qui fait partie des risques du métier pour le psy « de proximité » que je suis. Pourtant j'ai le sentiment que cet hématome sous-dural de la taille d'un cervelas de chez Burnkhorst est la goutte d'eau qui fait déborder le vase. L'autre nuit, alors que je m'étais rapidement endormi après une dure journée de psychanalyse, j'ai reçu un coup de fil paniqué de la femme de Pepkin. Tandis que nous parlions, elle tenait son mari à distance en le menaçant avec du gaz incapacitant. Apparemment elle ne s'était pas montrée tout à fait emballée par la nouvelle chanson d'amour mélancolique de son mari : *A Side Order of Heartache, Please*, allant jusqu'à suggérer que c'était l'occasion idéale d'étrenner leur nouveau broyeur à papier. Réalisant le tort que causerait à un petit cabinet comme le mien le nom de Feebleman dans les gros titres de la presse à scandale, comme cela ne manquerait pas de se produire si j'alertais la flicaille, je quittai mon appartement en slip et fonçai comme un dératé jusqu'au pont de la Cinquante-neuvième Rue. Arrivé chez Pepkin, je trouvai le mari et la femme en position de combat, face à face, chacun d'un côté de la table de la cuisine, cherchant l'ouverture pour frapper. Magda Pepkin était cramponnée à sa bombe lacrymo, Pepkin à un souvenir rapporté du Shea Stadium le jour de la distribution gratuite de battes.

Convaincu qu'il fallait faire preuve de fermeté, je me suis interposé. J'étais en train de me racler la gorge avec une certaine emphase empreinte de dignité quand Pepkin a donné un coup de batte destiné à sa femme. Sauf que je me le suis pris en plein crâne, et on a entendu un craquement digne d'un glacier en phase d'effondrement. Je me suis avancé en chancelant, j'ai souri aux trente-six étoiles qui me faisaient de l'œil, dont l'Alpha du Centaure. Je me rappelle avoir été emmené d'urgence à l'hôpital, où j'ai été admis sur-le-champ dans le service des Soins intensifs pour ramollos du bulbe.

En guise de récompense pour ce que l'un de mes collègues appelle « une fidélité au serment d'Hippocrate qui frise le crétinisme », je dirais que je marche sur des œufs. À défaut de billets verts bien craquants, je possède à présent une centaine de chansons, que je n'ai pas réussi à vendre. Le fait que tous les grands pontes de l'industrie musicale aient à l'unanimité décrété qu'il n'y avait pas une molécule de promesse dans les chansons de cabaret que je leur soumettais – des titres héroïques tels que *Faut faire avec (les hormones mec)* ou la sublime ballade *Ah y meurt, Alzheimer* – me laisse à penser que Pepkin n'a peut-être pas la carrure d'un Irving Berlin. Pourtant, dans sa mélodieuse *Everything's Up to Date at Yonah Schimmel's*, que je possède, et dont je n'arrive pas à tirer un rond, l'ironie contrite des paroles me fait sourire : « Mon ami vois-tu l'espoir/c'est un peu comme le strudel/On s'en prend plein la gueule/ C'est pour les bonnes poires. »

LE 4 NOVEMBRE

J'en suis arrivé à la conclusion suivante : Pepkin n'est qu'un pauvre schnock totalement dénué de talent. Tout a commencé à partir en quenouille le jour où j'ai découvert que les sociétés offshore que j'avais montées pour défiscaliser et optimiser mes recettes avaient commencé à attirer l'attention du fisc, qui leur trouvait beaucoup d'analogies avec celles d'Al Capone. D'autorité, le ministère des Finances les a toutes fermées et a décidé de m'infliger une amende à hauteur de huit fois mon revenu net. J'ai littéralement suffoqué en apprenant la nouvelle assortie d'une assignation à comparaître. Tandis qu'on emportait mes meubles, j'ai expliqué à Pepkin que je ne pouvais plus le soigner à l'œil. Et pour la première fois il a fait preuve de bon sens : il a mis fin à la cure. En outre, sur les conseils de je ne sais quel escroc avec qui il faisait ses parties de billard, il m'a intenté un procès pour faute grave.

Foxy Breitbart a très mal vécu l'épreuve qu'a été la suppression de sa carte des grands magasins Bergdorf Goodman. Elle m'a d'ailleurs remplacé illico par un gringalet anorexique et bigleux, catapulté, à vingt-cinq ans, sept rangs au-dessus du sultan de Brunei au classement *Forbes* des plus grandes fortunes – grâce à je ne sais quel brevet sur une vulgaire puce informatique. Quant à moi, je me suis retrouvé avec une malle remplie de partitions aux titres évocateurs, tels *Le Ver de terre de Toscane* et *Au bal du spéléologue*. J'ai tâché, mais en vain, de lancer ces minuscules éléphants blancs, j'ai même tenté de voir combien ils me rapporteraient en gros si je cédais la totalité au poids à une usine de recyclage de papier. Mais Pepkin n'a pas tardé à m'asséner le coup de grâce. Il m'a porté l'estocade en la personne d'un certain Wolf Silverglide. Silverglide, un saligaud en gabardine, avait un grand projet : monter une comédie musicale qui reprendrait la *Lysistrata* d'Aristophane, rebaptisée pour l'occasion *Pas ce soir, j'ai la migraine*. Boostée grâce à d'astucieuses chansons modernes, cette vieillerie de l'Attique, désormais tombée dans le domaine public, allait, selon Silverglide, faire de nous des maharadjahs. Il avait appris que je possédais une grande quantité de chansons non publiées qu'il pourrait acquérir pour une bouchée de pain. Prêt à valoriser enfin les droits que j'avais si durement acquis, j'ai proposé à Silverglide une fournée de chansonnettes faciles à fredonner en échange de parts dans l'entreprise et d'un téléviseur noir et blanc d'époque. La production a commencé, avec une bande-son intégralement signée Murray Pepkin. Le clou du spectacle était une chanson d'amour mélancolique intitulée *Les italiques sont de moi*, qui recelait ces paroles inoubliables : « Malgré ma flemme/Je suis en émoi/*Je t'aime* (les italiques sont de moi). »

Les représentations ont commencé et l'accueil de la critique a été mitigé. *Le Journal de l'aviculteur* a bien aimé, ainsi que *Cigar Magazine*. Les quotidiens en revanche, emboîtant le pas à *Time* et à *Newsweek*, se sont montrés plus réservés, faisant leur la formule de l'un d'eux, qui a qualifié la comédie musicale de « trou noir d'une insondable bêtise ». Incapable d'isoler un seul extrait de phrase parmi les critiques publiées, qui ne mette en péril sa vie, Silverglide a interrompu son somptueux spectacle avant de quitter New York à la vitesse du photon, me laissant seul pour faire face à une avalanche de procès pour plagiat.

Apparemment des experts ont déclaré sous serment que le meilleur de la musique du maestro Pepkin se révélait par trop proche de certaines ritournelles confidentielles telles que *Body and Soul*, *Stardust* et même d'un petit air militaire qui commence par « From the halls of Montezuma » (oui, l'hymne des Marines). En attendant, je me présente chaque jour au tribunal. De loin, on peut croire que je regarde dans le vide, mais en fait je scrute le public. Ce que je me dis, c'est que si je tombe un jour sur le Van Gogh de la composition musicale, je m'empare de l'un des derniers objets encore en ma possession, mon coupe-choux, et je lui tranche les *deux* oreilles (les italiques sont de moi).

Nounou très chère

« Qui sait quel mal se tapit dans le cœur des hommes ? L'Ombre le sait. » Éclatait alors un gloussement diabolique qui, chaque dimanche, me faisait froid dans le dos. L'oreille collée contre le poste de TSF Stromberg-Carlson, je restais pétrifié dans l'hivernale lumière crépusculaire du lugubre logis de mes géniteurs. À vrai dire, je n'avais pas la moindre idée de la sombre malice qui hantait ce bas monde, à commencer par mes propres ventricules, jusqu'à un jour récent, voici quelques semaines, où je reçus un coup de fil de ma tendre moitié à Escamott & Karapatt, mon bureau de Wall Street. Sa voix habituellement assurée chevrotait, évoquant le mouvement brownien des particules élémentaires, et j'entendis immédiatement qu'elle s'était remise à la clope.

« Harvey, il faut que je te parle, annonça-t-elle sur un ton qui ne laissait rien présager de bon.

— Est-ce que les enfants vont bien ? demandai-je du tac au tac, m'attendant à ce qu'elle me lise une demande de rançon d'une seconde à l'autre.

— Oui, oui, mais c'est à propos de Mlle Viaire (notre nounou !), cette traîtresse souriante et d'une politesse irréprochable.

— Agrippa ? Eh bien quoi ? Ne me dis pas que cette bêtasse a encore cassé une de nos tasses fantaisie !

— Elle est en train d'écrire un livre sur nous, psalmodia-t-elle d'une voix d'outre-tombe.

— Sur nous ?

— Sur son expérience de baby-sitter chez nous, dans Park Avenue, toute l'année dernière.

— Comment le sais-tu ? m'étranglai-je, soudain pris de regret. (Pourquoi avais-je dédaigné les conseils de l'avocat qui me suggérait de faire figurer une clause de confidentialité dans notre contrat avec Miss Viaire ?)

— Je suis entrée dans sa chambre pendant qu'elle était sortie pour rapporter deux Tic Tac que j'avais empruntés avant les vacances. Et là, par hasard, je suis tombée sur un manuscrit. Évidemment, je n'ai pas résisté à la tentation d'y jeter un œil. Chéri, c'est haineux et gênant au-delà de tout ce que tu peux imaginer. Surtout les passages où elle parle de toi. »

Ma joue fut prise d'un tressaillement. Des perles de condensation apparurent soudain sur mon front, comme à l'extérieur d'un verre de bourbon menthe à la glace pilée.

« Dès qu'elle rentre à la maison, je la vire, annonça mon immortelle bien-aimée. Figure-toi que cette langue de vipère me traite de porcinette.

— Non ! Ne la vire pas. Ça ne l'empêchera pas d'écrire son livre. Sa prose n'en sera que plus caustique, c'est tout ce qu'on va gagner.

— Mais alors, que faire ? Tu sais très bien l'impact que ses révélations auront sur nos copains de la haute. Nous ne pourrons plus mettre les pieds dans un seul des troquets huppés où nous avons nos entrées sans faire l'objet de cancans, sans être la risée de tous. Viaire te décrit comme un "gringalet ratatiné qui arrive à inscrire ses mômes dans les garderies les mieux classées de la Côte Est uniquement parce qu'il dégaine à chaque fois le carnet de chèques. Un pauvre minus incapable d'honorer bobonne".

— S'il te plaît, attends que je sois rentré à la maison, implorai-je. Il va falloir qu'on se creuse les méninges.

— Tu as intérêt à enclencher le turbostatoréacteur : elle en est déjà à la page trois cent. »

Sur ces belles paroles, la lumière de ma vie me raccrocha au nez, et le bruit me résonna dans les oreilles, non sans évoquer le glas sinistre du satané poème de John Donne. Simulant les symptômes de la maladie de Whipple, je quittai le bureau avant l'heure. Je fis une halte au *Palais du Houblon*, au coin de la rue, pour calmer mon palpitant et réfléchir à ce qui nous arrivait.

Le moins qu'on pût dire, c'est que notre histoire avec les bonnes d'enfants n'avait jamais été un fleuve tranquille. La première était une Suédoise qui ressemblait au boxeur Stanley Ketchel. Son comportement avait été irréprochable ; elle avait réussi à imposer une certaine discipline aux marmots, lesquels avaient commencé à se tenir correctement à table, cependant que d'inexplicables contusions étaient apparues sur leurs corps. Un beau jour, il me fallut toutefois interroger la jeune femme sur ses méthodes : la caméra que nous avions dissimulée à la maison la montrait en pleine action avec mon fils : elle lui tenait la tête d'une main, une jambe de l'autre, et le faisait rebondir à l'horizontale sur ses épaules, exécutant la prise baptisée « cassage de dos à la mode argentine » par les catcheurs.

Manifestement peu habituée à ce qu'on se mêle de ses affaires, elle me souleva en l'air et me plaqua contre le papier peint à un bon mètre du sol.

« Fourre pas ton tarbouif dans mon bol de riz, me conseilla-t-elle. À moins que t'aies envie de finir en nœud plat. »

Indigné, je lui demandai le soir même de faire ses valises. L'assistance d'une seule escouade des Forces spéciales d'intervention fut suffisante.

Celle qui lui succéda était une jeune fille au pair de dix-neuf ans, une Française bien moins agressive répondant au nom de Véronique, toute en déhanchés et gazouillis, cheveux blonds, minois de star du porno, longues guiboles fuselées et une paire de lolos qui nécessitait quasiment le recours aux échafaudages. Malheureusement sa motivation était plus que modérée ; elle préférait se prélasser sur la chaise longue en petite culotte et jeter un sort aux truffes au chocolat tout en feuilletant le magazine *W*. Je fis preuve de plus de souplesse que ma femme et m'adaptai au style personnel de la ravissante créature. Je tentai même de l'aider à se détendre en la gratifiant à l'occasion d'un massage de dos. Mais lorsque la bourgeoise remarqua que je m'étais mis aux produits de beauté Max Factor et que j'avais pris l'habitude d'apporter à la jolie Frenchie son petit déjeuner au lit, elle glissa dans le décolleté de Véronique un avis de licenciement et se chargea personnellement de déposer sa Louis Vuitton sur le trottoir.

Vint finalement Mlle Viaire, une jeune femme parfaitement insipide qui allait sur la trentaine, s'occupait correctement des enfants, et savait ne pas la ramener. Ému par son strabisme, j'avais traité Agrippa plus comme un membre de la famille que comme une domestique. Sauf que pendant tout ce temps, tout en reprenant une part de diplomate et en profitant du bon fauteuil de la maison en dehors de ses heures de travail, elle amassait en secret du matériau pour brosser un portrait peu flatteur de ses bienfaiteurs.

Arrivé à la maison, je pris connaissance en cachette de son récit infamant et en restai bouche bée.

« Un pauvre type aigri et vide comme un tuyau de poêle qui, au bureau, récolte les honneurs à la place de ses collègues qui se tapent tout le boulot », avait osé écrire la petite peste. « Un fou furieux complètement lunatique capable de gâter ses enfants et, au premier écart de conduite, de les tabasser avec un cuir à rasoir. » Je feuilletai l'épouvantable tissu de calomnies, affligé par cette accumulation de blasphèmes. « Harvey Bidnick est un malotru, un petit énervé incapable de la boucler. Il se croit drôle mais consterne ses invités avec ses bons mots ringards qui n'auraient pas déclenché un seul sourire il y a cinquante ans sur le circuit Borscht des comiques amateurs des Catskills. Son imitation de Satchmo fait fuir même les plus courageux. La femme de Bidnick, il faut se la fader, elle aussi : un vrai glaçon, et boulotte avec des cuisses couvertes de cellulite ; ses références intellectuelles ultimes sont Manolo Blahnik et Prada. Le couple passe son temps à se chamailler. Une fois, la dondon est revenue avec une facture à six chiffres pour un Wonder-Bra fabriqué sur mesure, et Bidnick a refusé de payer. Furibarde, elle lui a arraché son postiche, l'a jeté par terre et l'a criblé de balles en se servant du revolver qu'ils gardent toujours dans un tiroir en cas de cambriolage. Bidnick se gave de Viagra mais le surdosage provoque chez lui des hallucinations ; il lui arrive de se prendre pour Pline l'Ancien. Sa femme vieillit comme une Margo arrachée à la cité du bonheur de Shangri-La : pas un centimètre carré de son corps qui n'ait été gonflé au Botox ou charcuté au scalpel. Leur activité préférée consiste à dénigrer leurs amis. Les Birdwing sont des "grippe-sous empâtés qui servent des terrines de mouton jamais assez cuites". Le docteur Pathogen et sa femme forment "une équipe de vétérinaires incompétents responsables de plusieurs morts, et pas que des poissons rouges". Quant aux Abbatoir, c'est ce "couple français dont les perversions sexuelles vont jusqu'à des attouchements avec les personnages en cire de Madame Tussaud" ».

Je reposai le manuscrit d'Agrippa et allai à notre bar me préparer une série de whiskies à l'eau bien tassés. Je résolus de me débarrasser d'elle sur-le-champ.

« Si on brûle les pages, elle les réimprimera, dis-je à ma femme d'une voix qui commençait à rappeler l'élocution pâteuse d'un ivrogne de music-hall. Si on essaye d'acheter son silence, elle racontera l'offre de pot-de-vin dans son livre, ou empochera la thune et le fera quand même publier. Non, non, fis-je, me métamorphosant en un concentré de toutes les fripouilles qui peuplaient les films noirs que j'avais vus étant gamin. Nous devons la faire disparaître. Évidemment, il faudra que ça passe pour un accident. Elle pourrait peut-être se faire écraser par un chauffard qui prendrait la fuite.

— Tu n'as pas le permis, grand benêt, me rappela l'infaillible espiègle qui se trouvait face à moi, et qui sirotait allègrement sa timbale de gin-vermouth. Quant à notre chauffeur, Measly, même avec la Lincoln blanche extra-longue que tu lui fais conduire, il serait capable de louper une cible d'un kilomètre de large.

— Et si on y allait à la bombe ? bafouillai-je. Une mécanique de précision soigneusement réglée qui exploserait juste au moment où elle monterait sur son tapis Stairmaster super-fitness.

— Tu plaisantes ? bredouilla ma moitié, succombant elle aussi un peu plus à l'effet de son alcool de grain. Même si on t'apportait le plutonium sur un plateau, tu serais incapable de fabriquer une bombe. Tu te souviens du Nouvel An chinois où tu as réussi à faire tomber un pétard du feu d'artifice au fond de ton pantalon ? dit-elle en partant d'un rire rauque. Bon sang, tu as décollé, je t'ai vu passer au-dessus du garage de la maison de Long Island. Quelle trajectoire !

— Ou alors, je la pousse par la fenêtre. On rédige une fausse lettre de suicide, ou mieux on lui en fait écrire une, en usant d'un subterfuge, on trouve un prétexte pour qu'elle utilise du papier carbone.

— Tu espères arriver à hisser une nounou de soixante-quinze kilos sur le rebord de la fenêtre et la pousser alors qu'elle se débattra ? Avec tes mini-biceps ? Tu vas finir aux urgences de Lennox Hill, oui. Avec un infarctus du myocarde – à côté, l'éruption du Krakatoa ne sera qu'un pauvre hoquet.

— Tu crois que je suis incapable de me débarrasser d'elle ? fis-je, imbibé par mes cinq cocktails, me métamorphosant en un personnage à la Hitchcock. J'ai une idée : elle sera libre de ses mouvements, mais elle sera *enchaînée*. Petit à petit, la maladie aura raison d'elle. »

Je visualisai l'image floue à l'écran, le public sent qu'Ingrid Bergman perd pied, le poison de Claude Rains commence à agir. J'avais d'ailleurs moi-même de plus en plus de mal à faire le point. Je me levai en chancelant et me dirigeai tant bien que mal vers l'armoire à pharmacie. Mes doigts se refermèrent sur le flacon de teinture d'iode. Comme par hasard, c'est à ce moment-là qu'Agrippa fit son entrée.

« Ah, monsieur B – vous êtes déjà revenu du bureau ? Vous vous êtes fait renvoyer ? Ha, ha. »

La garce sourit de l'insolence de sa propre tirade.

« Tiens, Agrippa, entrez donc, dis-je. Vous arrivez juste à l'heure pour le café.

— Vous savez bien que je ne bois pas de café.

— Je voulais dire juste à l'heure pour une tisane, rectifiai-je, mettant le cap sur la cuisine d'un pas chancelant pour mettre la bouilloire à chauffer.

— Vous êtes encore beurré, monsieur B ? me lança la petite ordure qui se permettait de me juger.

— Asseyez-vous », lui ordonnai-je, ignorant sa grossière familiarité.

Ma femme avait déjà perdu connaissance. Elle ronflait par terre.

« Mme B avait du sommeil à rattraper, décréta la baby-sitter avec suffisance en me lançant un clin d'œil. Qu'est-ce que vous faites toute la nuit, espèce de ploutocrates gâtés ? »

Faisant preuve d'une finesse qui frisait le génie, je risquai un coup d'œil par-dessus mon épaule pour m'assurer qu'elle ne regardait pas, vidai le reste du flacon de teinture d'iode dans la tasse d'Agrippa, disposai sur un plateau des petits fours succulents et lui apportai le tout.

« Hou là, dit-elle d'une voix flûtée, c'est du jamais vu. D'habitude, on ne casse jamais la croûte à onze heures et demie du matin.

— Dépêchez-vous, dis-je. Buvons avant que ça refroidisse.

— Ce n'est pas un peu noir pour de la camomille ? fit remarquer la perfide moucharde.

— Pensez-vous. C'est une décoction rare qui nous vient de Laponie. Allons, finissez votre tasse. Hum, quel délicieux goût de fumé ! Et épicé, en plus. »

Peut-être était-ce dû aux émotions de la matinée, ou peut-être au nombre de godets que je m'étais envoyés avant midi, toujours est-il que je me débrouillai pour boire cul sec la tasse empoisonnée. Instantanément, je fus plié en deux, puis me mis à gigoter au sol comme une truite hors de l'eau. Je gisais par terre, à me tenir l'estomac, gémissant telle Ethel Waters dans *Stormy Weather*, tandis que notre nounou paniquée appelait une ambulance.

Je revois le visage des ambulanciers, la pompe stomacale, et lorsque je repris connaissance, je vis nettement le message qu'Agrippa me tendait. Dans sa lettre de démission, elle annonçait qu'elle en avait marre de faire la bonniche. Elle avait un temps envisagé d'écrire un livre, mais y avait finalement renoncé, parce que ses personnages principaux étaient décidément trop minables pour maintenir l'intérêt de n'importe quel lecteur doté d'un minimum de QI. Elle nous quittait pour épouser un millionnaire rencontré à Central Park, au pied de la statue d'Alice au pays des merveilles, où elle emmenait souvent nos enfants. Et les Bidnick dans tout ça ? Nous n'avons pas l'intention d'engager une autre baby-sitter, du moins pas tant qu'il n'y aura pas eu d'avancée technologique significative en matière de robotique.

Table

Recalé	5
Le chantier infernal	11
Tu es au parfum, Sam ?	21
Les jolies colonies de vacances « Coupez ! »	31
Le figurant ravi	41
Sans foi ni matelas	53
L'erreur est humaine, la lévitation divine	61
Les infortunes d'un génie méconnu	71
Nounou très chère	81

884

Composition Nord Compo
Achevé d'imprimer en France par Aubin
en juillet 2008 pour le compte de E.J.L.
87, quai Panhard-et-Levassor, 75013 Paris
Dépôt légal juillet 2008
EAN 9782290011553

Diffusion France et étranger : Flammarion